Laetitia Ayres est une chanteuse, comédienne et romancière française. Après son diplôme de Sciences Po, elle commence sa formation lyrique à Buenos Aires puis à Paris auprès de Glenn Chambers, professeur au Conservatoire National Supérieur de Musique et de Danse de Paris. Attirée autant par le chant que par le théâtre, elle intègre la classe de théâtre musical du conservatoire du 9e arrondissement de Paris, qui lui permet de s'initier à la danse et au mime. Elle interprète ensuite des rôles issus de répertoires variés : opéra, opérette, comédie musicale. Elle a remporté le premier prix du Prix littéraire Auféminin 2019, pour sa nouvelle « Enfant de cœur ». *Matriochka* est son premier roman.

Matriochka

LAETITIA AYRÈS

Matriochka

J'AI LU

Être né quelque part
Pour celui qui est né
C'est toujours un hasard.

Maxime LE FORESTIER

Tu honoreras ton père et ta mère.

Prologue

— On ne court pas dans les cimetières ! lança Maman à travers ses dents, entre engueulade et retenue de convenance. La pression ferme de sa main autour de mon ridicule poignet d'enfant stoppa net toute velléité de désobéissance. Ne pas courir, très bien. Mais que c'était long cette cérémonie d'adieu à quelqu'un que je ne connaissais même pas ! Maman avait absolument tenu à m'emmener avec elle, *pour que Claire se familiarise avec la mort, qu'elle prenne conscience des épreuves de la vie* (c'est en ces termes qu'elle avait convaincu Papa le matin même, tout en m'enfilant un de ses pulls noirs qui me faisait une robe). Sous une chaleur monstre, stoïque, je dégoulinais sous le pull en laine et j'avais faim. La sueur dévalait le long de mon dos, le pull me collait, avec son parfum entêtant, celui de Maman. Je vis le trou béant à quelques mètres de moi, énorme, probablement parce que j'étais toute petite. À côté, le cercueil prenait encore tranquillement le soleil, ses poignées de laiton chauffées à blanc. Pour ne pas tomber, je me concentrai sur le cercueil, en me disant que la personne à l'intérieur devait avoir encore plus chaud que moi, que franchement je m'en sortais bien et que je n'avais pas de raison de me plaindre. Mais la personne à l'intérieur n'avait probablement pas un pull en laine sur elle imbibé d'un parfum camphré. Et au moins, elle était à l'ombre. J'étais plongée dans ces considérations quand j'entendis un son métallique allant crescendo. Je vis flou, n'entendis bientôt plus que cette note stridente avec en toile de fond les paroles du curé, et ma tête vint lentement heurter le sol. Quand je rouvris les yeux, je vis l'ovale du visage de Maman penché au-dessus du mien, ses cheveux blonds venaient lécher mes joues, celle de gauche rougie par une claque. Honteuse de mon comportement, elle rassura les gens agglutinés autour de moi à coups de *Claire n'a pas voulu manger ce matin*. Je savais que je paierais cette scène sur le chemin du retour. J'avais raison. Mais en attendant, elle me serra dans ses bras et me chuchota *Maman a eu peur, Maman t'aime fort*. Elle utilisait toujours la troisième personne du singulier les rares fois où elle me faisait cadeau de ses salves d'amour. Je n'avais pas vu qu'on mettait le cercueil dans le trou, Maman m'avait ramenée à la maison. Je n'avais pas profité de la leçon censée m'apprendre que la boîte y allait pour toujours. Et qu'on irait tous dans une boîte, un jour.

Aujourd'hui, Maman, c'est ton tour.

J'ai emmené Clément, tu vois. Je ne sais pas où tu es, si je crois en Dieu et au ciel. Ne m'en veux pas, j'ai souvent pensé que, lorsque tu serais morte, je me sentirais libérée. J'ai plutôt l'impression d'avoir pris perpète.

CLAIRE

— « Collier magique, transporte-moi ! »

— OK. Claire, je t'arrête. Alors oui, là, t'es en place, par contre c'était un peu mou du genou sur l'intention. On la refait ?

— « Collier magique, transporte-moi ! »

— OK. Alors là, c'est dommage Claire, on a presque tout, si tu peux ajouter dix pour cent de sourire dans ta voix, ce serait top. On y retourne ?

— « Collier magique, trans... » Pardon, décidément je n'y arrive pas aujourd'hui.

— OK. C'est pas grave. On fait une mini-pause et on s'y remet, ça te va ?

Ça me va. Même si je préférerais qu'elle arrête de me parler comme à une enfant, en commençant systématiquement ses phrases par ce qui va bien, pour les finir par ce qui va moins bien et une fausse question, comme si mon ego était de la pâte à modeler entre ses mains. Ce n'est pas Meryl Streep qu'il faut doubler, c'est une putain de licorne. Avec des pouvoirs magiques et des cheveux pailletés, certes, mais une licorne quand même. Je sais très bien que je rame aujourd'hui. J'ai beau bâiller, m'étirer, avoir chauffé mes cordes vocales, mon larynx reste noué et j'ai du mal à trafiquer ma voix pour la rajeunir de trente ans, ça me coûte. Aucun soutien, diaphragme aux abonnés absents, jambes en coton, mon corps démissionne et je n'ai pas envie de jouer. Je m'agrippe à la barre qui me sépare de l'écran surdimensionné comme un passager atteint de mal de mer au bastingage d'un navire, les yeux rivés sur la bande rythmo[1] en guise d'horizon, espérant y trouver le salut. Je sais bien ce que dirait ma psy : *Vous venez d'enterrer votre mère et vous perdez le contrôle de votre voix, quoi de plus normal ?* Elle insisterait probablement sur le jeu de mots entre voix et voie, satisfaite d'avoir percé à jour mon inconscient, me laissant me débrouiller avec cette trouvaille.

La directrice artistique attrape son sac pour en tirer une cigarette électronique et quitte le studio, l'ingé son sur ses talons. Tous deux

1. En doublage, la bande rythmo défile en bas de l'écran. Synchronisée avec le film et le mouvement des lèvres des personnages, elle comporte l'adaptation du texte et les sons que doivent reproduire les doubleurs.

remontent l'escalier escarpé pour retrouver la lumière du jour comme des plongeurs ondulant vers la surface, mettant fin à leur apnée pour s'en griller une. Je me demande si je n'ai jamais été tentée de fumer uniquement pour éviter ces moments de conversation forcée entre initiés. Seule sous terre, le studio vide m'émeut. Avec ses murs et son plafond en bois chaud, son tapis rouge et épais au sol, on dirait la gueule ouverte d'un animal inoffensif. Je m'y sens bien. On dirait le cercueil de Maman.

Je ne suis pas sûre d'y arriver aujourd'hui. Je ne sais pas si je vais y arriver tout court. Sur ma *to do list*, voici ce que j'ai noté :

– Réinscription Clément karaté, RDV maîtresse, RDV pédiatre, bonnet piscine (*cette ligne n'a pas bougé depuis plus d'un mois*)

– Petits mots Maman (*il faut remercier les gens d'être venus à l'enterrement. Je sèche sur la tournure. Comment répondre à leur peine alors que j'ai souvent eu envie qu'elle n'habite plus mon monde ? Délicat*)

– Vider l'appart, cartons, etc., RDV encombrants, camionnette Emmaüs

– Papiers séparation (*Paul a eu l'élégance de me les rappeler par l'intermédiaire de Clément, avec sa candeur enfantine :* Maman, Papa il dit que tu dois pas oublier de signer la convention de séparation parentale ! *Pour reprendre ma directrice artistique :* Alors OK, je suis d'accord sur le fond, mais si tu peux enlever quatre-vingt-dix pour cent de sourire dans la voix, ce serait top. On la refait ?)

Il faudrait ajouter à cette liste « Trouver un nouveau boulot ». Donnez-moi du Phèdre, du Médée, même Antigone fera l'affaire, mais plus de licorne. Je suis comédienne, pas doubleuse de dessins animés pour trépanés. Faire le grand écart entre sa vie personnelle et sa vie professionnelle est parfois salvateur, mais je perds en souplesse. Il faut bien l'admettre, ma psy a encore raison : je crois que j'ai perdu ma voie.

*

* *

Fermez les yeux, et imaginez que Julia Roberts vous parle. Je ne sais pas ce qu'elle vous a dit, je ne veux pas le savoir, mais je suis sûre, si vous avez grandi dans l'Hexagone, que vous avez entendu sa voix française résonner dans votre tête. Une voix capable d'habiter son franc sourire, de suggérer sa personnalité autant que ses jambes interminables et son grain de beauté sous l'œil droit. Cette voix, c'est Julia, impossible d'en imaginer une autre pour escorter Richard Gere ou faire tomber Hugh Grant. Dans le panthéon des voix immédiatement reconnaissables, on peut citer Columbo, Bruce Willis, Whoopi Goldberg ou Sylvester Stallone, mais j'ai un petit faible pour Julia. Imaginez qu'elle vous parle de nouveau, mais changez le son comme on change de fréquence radio, essayez la voix de votre mère ou de votre meilleure amie. Bug technique, le cerveau résiste. La voix de Julia est le prolongement auditif de votre représentation mentale, les deux sont indissociables. Pourtant, si vous avez regardé *Pretty Woman* ou *Erin Brockovich* sur le petit écran, vous avez entendu la voix d'une autre femme, dont vous ignorez tout, l'apparence, l'âge, l'histoire, les goûts. Sa doubleuse. Une femme qui n'a jamais reçu d'Oscar ni étrenné des talons de douze centimètres sur un tapis rouge, qui ne craint pas les paparazzi. Qu'a-t-elle en commun avec Julia ? Peut-être pas grand-chose, peut-être rien du tout. Ou peut-être que ce ou ces points communs sont invisibles, qu'il s'agit de traits de caractère. D'où vient notre voix ? Elle se forge grâce à son environnement, se modèle sur ce qu'elle entend, prend des accents, se coule dans le rythme de la langue dont elle dépend, mais son timbre, en voilà un mystère. Certaines voix sont des copies parfaites de celles de leurs parents, d'autres semblent autonomes, certaines évoluent dans le temps quand d'autres ne bougent pas d'un iota, il y a des voix de grands-mères qui deviennent aériennes, d'autres que la gravité rattrape, celles qui se cassent pour un rien, des mates et des brillantes, des blanches et des chaudes, des feutrées et des rauques, celles qui enchantent, celles qui font trembler, d'autres qui ne sont vraiment pas possibles.

Lorsque Julia et sa doubleuse sont face à face dans un studio, l'une aplatie sur grand écran et l'autre debout à la barre à quelques centimètres du micro, un même élan les habite. Une intention commune. C'est une condition nécessaire pour que le doublage fonctionne, mais ce n'est pas suffisant pour que la magie opère et que la voix du doubleur semble sortir du corps de l'acteur. Que les deux interprètes respirent ensemble, pensent ensemble, et que – grâce à quoi ? – on ne fasse plus la moindre différence entre ce que l'on voit et ce que l'on entend, que cela sonne crédible, plus encore, que l'on ne puisse pas imaginer une autre voix jaillir de ce corps malgré leur éloignement géographique, temporel et physique. Malgré le fait que Julia ait été dirigée par un réalisateur et entourée par des partenaires qui ne sont pas dans le studio auprès de sa doubleuse, malgré l'adaptation du texte aux forceps pour qu'il épouse les mouvements des lèvres comme le pied de Cendrillon sa pantoufle, malgré les contraintes des langues, malgré peut-être la légère insolation de Julia à cause d'une énième prise sous le soleil de Los Angeles ou le petit coup de froid attrapé la veille par sa doubleuse. Ces alchimies tiennent du mystère, comme les belles rencontres. Je trouve cela assez fascinant. Une identité qui fait vivre un nouveau corps, un don de soi qui prend. Petite, j'aimais déjà imaginer à quoi ressemblait mon interlocuteur lorsque je décrochais le combiné marron au fil tout entortillé du téléphone de la maison. Je me souviens d'avoir été très surprise lorsqu'un ami de Papa a débarqué à la maison un soir, alors qu'il appelait régulièrement et que j'échangeais quelques phrases avec lui, presque toujours les mêmes (*Bonjour Claire, tu as passé une bonne journée à l'école ? Ton papa est dans les parages ? Passe le bonjour à ta maman*). Je trouvais cette voix fluette et nasale, aussi j'imaginais un monsieur tout maigre et, allez savoir pourquoi, je le voyais habillé en vert canard. Un peu comme Daffy Duck. M. Bourgoin était en réalité un colosse à mi-chemin entre un rugbyman et un sumo, et mon cerveau avait mis quelques secondes avant de pouvoir le saluer poliment lorsqu'il m'avait offert ses coutumières questions en se baissant vers moi dans notre salon. « Devine qui est qui » est un jeu qui m'amuse encore au téléphone, dans une file d'attente ou dans le métro, et lorsqu'on me proposa de faire du doublage pour la première fois, j'étais très curieuse de me prêter à l'exercice.

— Ça te dirait de faire du doublage ?

Je venais de me lancer dans une imitation grossière de Vanessa Paradis « Joe le taxi, il va pas partout » dans les loges, à la fin d'une représentation de *Cuisine et dépendances*, quand Jérôme me fit cette proposition. Mon imitation avait dû être assez mauvaise, mais elle avait eu le mérite de lui faire penser à la voix d'un petit garçon prépubère, une sorte de Titi – celui qui échappe toujours à Grosminet – sévèrement asthmatique. J'ignorais que Jérôme faisait régulièrement du doublage lui-même et qu'il était directeur artistique pour plusieurs dessins animés, en plus de brûler les planches. Même si je n'avais qu'une très vague idée du travail et des compétences que cela nécessitait, je m'empressai de dire oui, pour deux raisons : en tant que comédienne, j'avais pris l'habitude de dire oui par principe à n'importe quelle proposition avant de l'étudier, loi du marché oblige ; par ailleurs, le mystère qui entoure cette activité m'avait toujours attirée. « Doublage ». Un métier de l'ombre qui suinte l'aventure, avec des agents doubles, des secrets bien gardés dans des studios caverneux, un univers réservé à une poignée d'initiés qui passent leur temps à être payés pour voir des films en avant-première, et pour prêter leur voix à des stars qui font tout le boulot. Voilà ce que j'avais en tête. Je savais que le doublage était une denrée rare et assez bien rémunérée, et par conséquent particulièrement prisée par les comédiens en mal de projets. C'était mon cas. La production qui nous réunissait sur scène, Jérôme et moi, se terminait la semaine suivante, ma prévision de cachets à venir était inversement proportionnelle à mon stress, faire de la figuration me pendait au nez pour maintenir mon statut d'intermittente, j'acceptai donc avec enthousiasme ce que je considérais comme un confortable plan B.

Le rôle du petit garçon prépubère marcha très bien. Les épisodes furent rapidement dans la boîte, l'équipe se montra contente de mon travail, et je m'amusai beaucoup à incarner ce petit être de dessin animé japonais. Forcer ma voix à rentrer dans ce corps fluet dessiné au crayon, l'éclairer d'autant d'étoiles qu'il en avait dans ses yeux démesurément grands fut un vrai plaisir de gosse. Je me fis rapidement une petite réputation dans ce milieu fermé à triple tour. On m'appela ensuite pour créer la voix d'un castor au léger zozotement, puis celle d'une sorte de Barbapapa informe et gélatineux, et enfin celle d'une adolescente gothique en pleine crise. J'ai une voix malléable à ce qu'il paraît. Je n'ai jamais su cocher la case

« aigu », « médium » ou « grave » sans douter, je peux gueuler en voix de poitrine et faire tinter des notes cristallines, jouer les petites chipies comme les sorcières glaçantes, les jeunes garçons timides et les grands-mères déglinguées, sans oublier les licornes dotées de pouvoirs magiques. Une licorne qui bat des records d'audience auprès des trois-six ans et m'enchaîne à la barre depuis plus de soixante-dix épisodes. J'en suis là. Je ne suis pas montée sur scène, je n'ai pas interprété de texte digne de ce nom avec ma voix à moi depuis plus de deux ans, mais mon fils est fier comme c'est pas permis. Clément a du mal à cacher sa joie lorsqu'il raconte à ses copains que je *joue dans des dessins animés*. À sa maîtresse, je préfère dire sobrement que je travaille dans l'audiovisuel.

Mon travail est loin d'être pénible, le seul risque que je cours est de continuer à parler avec une voix stupide lorsque je quitte le studio. C'est indéniablement un bon plan, mais ce n'était pas mon ambition première ni ce pour quoi j'ai accepté de galérer pendant des années. Mes rêves ont pris un petit coup dans l'aile. S'il n'y avait pas Clément, je pense que je laisserais tomber. J'en ai touché un mot à Jérôme, il m'a promis de transmettre ma candidature à un casting voix pour le doublage d'une série qui cartonne en Amérique latine. Je lui ai répondu que même doubler un lama me ferait des vacances. Doubler un être humain, voilà qui me ferait du bien.

*

* *

Derrière le rideau mal tiré, le ciel est d'un blanc crasseux typique. *Winter in Paris*. Aucune envie de me lever ce matin, il fait un froid de canard. Malgré le radiateur, qui sert plus à cuire la poussière qu'à autre chose, l'air glacé m'arrive en plein dans le cou après avoir traversé les fissures qui encadrent la fenêtre, on peut presque le voir passer au travers. La couette remontée jusqu'au nez, je cale mes mains sous mon dos pour les réchauffer. Il va me falloir une bonne dose de motivation pour entamer cette journée. Samedi. Un long week-end de maman célibataire en perspective, avec de la pluie au programme afin de compromettre toute sortie au vert. Quand même le square t'est refusé, tu n'as plus que les Lego pour pleurer. Il n'y a pas un bruit dehors, à croire qu'il n'y a pas âme qui vive dans le quartier. J'ai peut-être raté une évacuation à grande échelle pour cause de Troisième Guerre mondiale, les envahisseurs découvriront bientôt une momie frigorifiée dans son lit, avec des chaussettes entortillées à ses pieds, et ils prendront pitié. Je dois faire peur à voir. Je m'en fous, Paul est parti. Les chaussettes, c'est peut-être ça qui a fini par le décider. Les fameuses chaussettes de la discorde, celles qui font déborder le panier de linge sale comme la goutte d'eau le vase, l'argument de trop sur la liste des « Bonnes raisons de quitter Claire », qui l'a poussé au départ. À partir de quand l'anecdotique lui est-il devenu insupportable ? Mignon au début, lassant ou repoussant à la fin, la trajectoire de mon histoire d'amour ne fait pas exception, et à la fin du conte la princesse se retrouve seule dans son lit *king size* comme un petit pois oublié au fond de son bocal. C'est le premier hiver sans Paul. Pour une fille aussi frileuse et encline à la procrastination que moi, c'est l'épreuve de force. Je paierais cher pour sentir les effluves du café en train de passer et entendre la musique s'échapper du salon. La vie me manque. Paul en avait le mode d'emploi, le présent était son terrain de jeu. Jamais il n'aurait laissé une poêle usagée au repos sur la gazinière, il l'aurait lavée sans se poser de questions puis rangée, satisfait le lendemain matin de trouver une cuisine vierge et prête pour de nouvelles expériences culinaires. Je m'interroge souvent sur l'utilité de laver ce qu'on s'apprête à salir dans peu de temps. Paul exécutait toutes les tâches du quotidien avec candeur, il fit de même avec notre rupture.

Depuis, il faut bien reconnaître que l'appartement fiche le camp. Il faudrait rappeler l'assurance pour le dégât des eaux, le frigo n'a pas été nettoyé depuis un siècle, je change les draps de Clément et les miens aussi rarement que je me sers de l'après-shampoing, mais il y a toujours de quoi manger, l'hygiène de base est assurée, il n'y a pas de quoi appeler les services sociaux non plus. C'est mieux comme ça. Frisson. Je remonte mes mains sous mes lombaires. J'aurais pu me coller contre lui s'il traînait encore au lit, m'incruster dans ses bras, absorber la chaleur rassurante de son tee-shirt, gagner du temps sur le dehors. J'aurais dû. Tout comme j'aurais peut-être dû faire quelque chose pour le retenir. À quoi bon ? J'ai eu ma chance, une chance quasi inespérée. Je me demande encore comment un type comme Paul a pu me regarder, moi, la transparente. Pourquoi il m'a choisie. Pourquoi j'ai dit oui. Soyons honnête. J'ai dit oui car je ne pouvais pas dire non. Je n'ai pas su refuser ce cadeau trop cher, comme je n'ai pu me défaire de l'idée qu'il faudrait le rendre à la fin. Six ans après, il reste de notre double méprise un petit blondinet et le souvenir d'une autre vie, plus lumineuse et plus remplie, désormais hors de portée. Ma chance m'a fait un petit signe de la main et s'est détournée. Je me suis résignée facilement, depuis le début je sais que je ne la mérite pas. Je tente de camoufler le vide laissé par Paul dans l'appartement, mais Clément n'est pas dupe. Son père est parti, mais c'est sa mère qui prend le large, peu de choses parviennent à me toucher ou à me faire réagir. Le récit de ses journées d'école, les histoires des copines, les auditions, les horreurs du JT glissent sur moi comme des gouttes de pluie sur un ciré neuf. Je souris en retour, j'ai l'impression d'être devenue mon père avec son pauvre demi-sourire impuissant. Clément ne se décolle pas de moi depuis le départ de Paul. Lorsqu'il sera grand, il se rendra bien compte que je n'ai rien pour moi et son regard changera, comme le mien quand j'ai réalisé que les autres mères n'avaient pas la main aussi leste que la mienne. Clément se détachera. Alors je n'aurai véritablement plus personne et je pourrai en finir. En attendant, je tiens le coup avec le calme de ceux qui maîtrisent leur fin.

Un grincement de porte suivi de bruits de pas légers. Inutile d'ouvrir les yeux, je sais que Clément se faufile dans le lit en pilote automatique avec son pyjama trop court et ses cheveux emmêlés. Ses petites jambes cherchent les miennes sous la couette, et le voilà qui se rendort avec une facilité déconcertante. Vite, en profiter pour respirer l'odeur de sa nuque, là, dans le petit triangle en creux sous les derniers cheveux. Il me reste quelques années peut-être pour savourer ce statut de maman d'un petit garçon, avant que l'adolescent en puissance ne m'envoie balader. J'aurais peut-être dû rester inflexible sur le « chacun son lit », impossible désormais de revenir sur ce qui est devenu le rituel d'un week-end sur deux. Il a l'air tellement bien, là, que je n'ai pas le courage d'y mettre fin. Je n'en ai pas le courage surtout parce que je crève de solitude. Toute présence à mes côtés une partie de la nuit fait l'affaire, même celle d'un enfant de six ans. Bientôt Clément aura faim, il faudra se mettre en position verticale, sortir deux tasses, faire chauffer le lait, diluer la poudre chocolatée sans faire trop de grumeaux, afficher l'air serein de la maman du matin dans les publicités télévisées. Depuis qu'on est devenus un binôme, je ne sais pas toujours quel sujet de conversation entamer avec mon propre fils. De quoi parlait-on avant, tous les trois ? Cela venait tout seul. La source s'est tarie. Il faut forcer le naturel, Clément doit bien s'en apercevoir. Quand il aura le nez dans son bol de chocolat, je lui annoncerai le titre du film. La séance du samedi matin est notre grand plaisir à tous les deux. Quand nous avons parlé rupture avec Paul, l'une des premières choses à laquelle j'ai pensé, c'est à la façon de préserver ce rituel hebdomadaire. J'ai trouvé, c'est tout simple, j'emmène Clément. Il faut parfois que je lui mette la main devant les yeux, mais il adore ça. Noyé dans l'immense fauteuil rouge à côté de moi, assis sur nos deux manteaux en guise de rehausseur face à l'écran démesuré, il est le roi du monde. Il sait bien que ses amis, eux, sont encore cantonnés aux dessins animés. Après le film, direction le McDo d'en face, une fois tous les quinze jours, c'est raisonnable, avec un nouveau sujet de conversation à aborder sur la table beige et graisseuse. C'était quoi, ta scène préférée ? Tu me racontes l'histoire ? Je tenterai de résumer le film avec des mots de son âge, je lui expliquerai les doublures dans les cascades, la sécurité des plateaux de tournage, les effets spéciaux, le travail des nombreuses personnes dont les noms défilent au générique de fin, de tous ceux qui sont dans l'ombre. On parlera du jeu aussi. Clément aura du mal à donner son avis, distinguer l'acteur du personnage est encore une notion abstraite, pour lui c'est la même chose. Après avoir fait un sort au Happy Meal, on rentrera à la maison, Clément jouera sagement dans sa chambre. Les petits mots. Il faut que j'arrive à remercier les gens d'être venus à l'enterrement de Maman. J'aurais sûrement perdu moins de temps à le faire qu'à y penser, mais je bloque. Je verrai demain. Aujourd'hui, j'ai rendez-vous à Los Angeles avec Ryan Gosling, Emma Stone, Clément et les frites qui baignent dans la sauce chinoise.

*

* *

— Tu es une grande, maintenant, m'annonce-t-elle.

Je ne suis pas sûre de reconnaître dans la voix de Maman un compliment ou une menace.

Atteindre l'âge de raison figure sans conteste dans le top trois de mes souvenirs d'enfance, avec mon opération des amygdales (je déconseille à quiconque de me dire que cela fait moins mal lorsqu'on est enfant) et le spectacle de fin d'année de CE2 (moment d'une extrême solitude, un trou abyssal en plein monologue qui aurait dû m'interdire à jamais d'embrasser la profession de comédienne).

J'ai six ans le 21 mai 1985, il m'est encore beaucoup donné, beaucoup pardonné, mais c'est largement mérité, je suis une petite fille que l'on peut qualifier de facile. Docile serait peut-être plus exact. Depuis quelques jours, je suis aux anges, car Maman a cédé, j'ai obtenu l'autorisation d'organiser ma première fête d'anniversaire à la maison, avec des amis. Le problème est d'en trouver. Je ne suis pas d'une nature très sociable, je n'ai jamais su aller à la rencontre des autres. Pas par manque d'intérêt, je suis au contraire très curieuse, mais je reste cantonnée à la phase d'observation, j'y suis aussi confortablement installée que dans un canapé face à la télévision. Je ne suis pas seule pour autant : j'ai des amis imaginaires, et, bien sûr, mes poupées. Pour ma fête d'anniversaire, je vise haut, j'envisage d'inviter Olivia, Juliette, Florence et Ludivine, les filles les plus charismatiques de la classe – Olivia étant la reine et les autres, ses premières dames. Je ne leur ai jamais parlé. On se côtoie chaque jour, mais nous n'habitons pas les mêmes mondes. Le leur est fait de concret, de barrettes colorées dans les cheveux, de décisions rapides pour constituer leur équipe à la gym, de voix qui portent. Le mien est encore flou.

Je choisis mes invitations avec le plus grand soin et en prenant un temps infini. Maman fait preuve d'une patience hors norme au rayon papeterie du Prisunic en me laissant choisir. Mes cent dix centimètres de haut submergés par l'étalage de cartons s'offrant à moi, je considère les déclinaisons de motifs et de nuances, il faut n'en retenir qu'un, perdre tous les autres, c'est bien trop d'émotions. Le rose irisé est sublime, mais fait peut-être trop *bébé*. Les imprimés petit poney m'attirent, mais qu'en penseraient mes futures amies ? J'opte finalement pour un carton uni mauve, une couleur qui me semble terriblement originale, sorte de « nouveau rose », avec des enveloppes assorties et un texte prérédigé qu'il suffit de remplir avec les bonnes informations (« ... t'invite à fêter ses ... ans »). C'est rassurant, cette tournure à la troisième personne. J'ajoute ma petite touche personnelle en dessinant un papillon dans le coin en bas à droite au feutre argenté, le comble du chic. Le lendemain matin, j'attends la récréation pour déposer mes précieuses invitations sur le bureau de mes élues, en sentant mon cœur battre plus vite. Au retour de mes comparses dans la salle de classe, je me dépêche de rejoindre ma place pour guetter la réaction d'Olivia, de Ludivine, de Juliette et de Florence, tout en faisant mine de chercher quelque chose dans mon cartable. Il n'y a pas de réaction. La journée est d'une interminable platitude. Il faut tenir jusqu'au soir pour que le combiné marron au fil tout entortillé me délivre de cette cruelle attente : la mère d'Olivia confirme la venue de la Reine à ma fête d'anniversaire. Les autres filles suivront sans doute. Je n'en dors pas.

Le mercredi 22 mai, jour de mes sept ans, Maman enchaîne clope sur clope. La fenêtre est constamment ouverte et je crains que mes invitées n'attrapent froid à la maison malgré l'éclat du printemps. Maman a le corps nerveux et l'esprit ailleurs. Assise sur le canapé du salon, ses fines jambes croisées l'une sur l'autre au bout de sa jupe crayon beige, c'est genou droit n'arrête pas de sursauter. Son regard, lui, est fixe et lointain. Il porte au-delà de la fumée qui sort de sa bouche, là où son esprit voyage souvent, un endroit que j'imagine intime et triste, que seule Maman semble connaître, qui ressemble à l'endroit où va la petite fille aux allumettes lorsqu'elle a froid, celui où se réfugie Princesse Sarah lorsqu'elle pense à ses parents, celui qui vient souvent l'enlever à moi. Si Maman est sortie de son corps, moi, je suis aussi impatiente qu'inquiète. Je n'ai toujours pas parlé à mes petites camarades de classe, je n'arrive pas à réaliser qu'elles vont découvrir mon territoire, que je suis la « puissance invitante », qu'elles seront derrière ma porte dans une poignée de minutes. Puisque je ne réalise pas encore l'événement, il va de soi que je n'ai rien prévu pour les festivités. J'ai subitement peur qu'elles passent un après-midi d'un ennui mortel. Papa a récupéré mon gâteau d'anniversaire à la boulangerie, il a accroché une guirlande de papier de couleur dans ma chambre et gonflé quelques ballons. Il n'est pas de garde aujourd'hui et pourra ainsi aider Maman, enfin, lorsqu'il ne travaillera pas à son bureau. Lorsque arrive l'heure fatidique, le rythme imprimé par le genou de Maman s'accélère. Je suis à plat ventre sur le canapé à ses côtés, tellement angoissée que je m'imagine sauvée à l'idée d'une annulation. Une appendicite fulgurante est-elle crédible ? De la fièvre ? Quelque chose de contagieux pour faire fuir tout le monde ? Qu'est-ce qui m'a pris ? D'où m'est venu ce sursaut de confiance en moi, ce coup de folie ? J'étais très bien, seule, dans mon cocon avec Papa et Maman. Voilà ce qui arrive lorsque l'on veut se confronter au monde. Je n'ai pas le temps de me fouetter davantage, la sonnette pousse son petit cri sec.

— Claire, tu vas ouvrir ? me lance Papa depuis son bureau.

Je prends mon courage entre mes dix ongles rongés pour tirer la porte d'entrée vers moi et découvrir Olivia, qui me fait subitement penser à Nellie Oleson casquée de ses boucles blondes, plantée devant sa mère. Nous ne nous disons rien. Maman arrive derrière moi et prend le relais : *Les filles, vous allez jouer dans la chambre ?* J'emmène Olivia, puis c'est le tour de Ludivine, de Florence et enfin de Juliette. Nous sommes entre copines. Alors pourquoi ai-je le sentiment d'avoir introduit une bande d'huissiers dans ma chambre à coucher, inspectant mes jouets, cherchant à se mettre quelque chose sous la dent ?

C'est ma poupée qui prend. Je l'avais mal cachée derrière mon oreiller, et Olivia, du haut de ses sept ans trois quarts, n'a pas tardé à se moquer de mon point faible. Elle la lance à Juliette, qui la relance à Olivia, et ainsi de suite, sous les rires de Ludivine et de Florence. Je les regarde tour à tour intercepter mon bien. Je suis contente qu'elles jouent, mais blessée que ce soit à mes dépens, et je ne supporte pas de voir ma poupée voler dans les airs. C'est une de ces poupées au corps mou qui font la gueule et vous tiennent par un regard terriblement attachant, pas une Barbie qui saurait se débrouiller sans moi. Alertés par le volume sonore provenant de la chambre et mes supplications pour que ce jeu prenne fin, mes parents débarquent. Ils découvrent cinq hyènes déguisées en petites filles modèles qui courent les unes après les autres. Tout m'échappe. Ma fête, mais aussi ma timidité et mon aveuglement. Je déteste ces filles, je veux qu'elles quittent ma maison, je ne veux plus jamais les revoir, je m'élance sur Olivia pour la plaquer au sol et récupérer la seule qui me comprendra jamais, tant pis si elle n'est qu'en Celluloïd. Enfin sous moi, cette grande gigue d'Olivia s'est rendue, je tiens ma poupée à bout de bras, la partie est finie. C'est alors qu'une claque monumentale s'abat sur ma joue, me faisant rouler à côté de mon adversaire, et je termine sur le dos, sous la guirlande *Happy birthday* qui ondule au gré de l'air que nous venons de brasser pour souligner mon humiliation. Maman m'a frappée. Ce n'est pas qu'une gifle pour me punir d'avoir plaqué Olivia au sol, non. C'est un concentré de gifles qui vient de loin. De l'endroit où portait son regard, avant l'arrivée des intruses.

Je n'ai jamais trouvé l'origine exacte de cette pulsion, ni pourquoi elle s'est révélée le jour de mes sept ans. Ce que je sais, c'est qu'à partir de ce jour-là une vanne qui ne s'est pas refermée jusqu'à ce que je quitte le domicile familial a été ouverte, dispersant la violence au compte-gouttes dans mon quotidien. Un mal sporadique, des coups qui partent fort et vite, isolés, comme une soupape qui explose, une défaillance de la machine, un dérèglement du corps de Maman.

Le dos contre le parquet, j'ai le souffle coupé et me retiens de pleurer, comme s'il me restait un peu de dignité. Dans un silence stupéfait partagé par les petites hyènes et les dresseurs, Maman relève Olivia, puis elle me remet debout, rajuste ma robe à smocks. Elle me sourit exactement comme si elle ne venait pas de me frapper, comme si ma joue n'était pas cramoisie et mes yeux brouillés, et elle me fait tourner sur moi-même en déclarant qu'il faudrait danser, que cela manque de musique. Sa voix n'est pas trop souriante, elle ne cherche pas à compenser quoi que ce soit, sa voix est amnésique. Papa propose de passer au gâteau. J'oublie de faire un vœu en éteignant consciencieusement les sept petites flammes.

Il en sera dorénavant ainsi. Maman adoptera un rythme ternaire, la valse de ses nerfs : impulsion, diversion, respiration. Papa, médecin de son état, optera pour le déni, conservant intacte l'image de sa femme adulée. Je n'aurai plus la tête à autre chose qu'à guetter les signes avant-coureurs et accomplir ce que l'on attend de moi.

Ce 22 mai 1985 au soir, assise dans le creux du canapé entre leurs corps d'adultes face au journal télévisé, j'apprends que Jean-Paul Kauffmann et Michel Seurat viennent d'être enlevés à Beyrouth. Les soirs suivants, la liste des otages et le décompte de leurs jours de détention sont rappelés à l'antenne. Moi, je vis désormais sous le même toit que ma nouvelle mère, contrainte de danser une valse infinie dans ses bras, *un, deux, trois, un, deux trois,* sous le regard absent de Papa. Chaque soir, je m'inclus mentalement à la liste, en haut à droite de l'écran de télévision.

*

* *

Je vérifie ma position. Le micro qui pend du plafond est à bonne distance, mes genoux sont déverrouillés, mes pieds espacés à la largeur de mon bassin sont ancrés dans le sol, je n'ai pas de bijoux ni d'accessoires susceptibles de cliqueter, mes mains moites glissent déjà un peu sur le gaffer qui enrobe la barre, mais il ne s'agit heureusement pas de danser. Je m'oblige à respirer lentement par la bouche pour évacuer mon stress. Un coureur dans les starting-blocks. Après un *bonjour* sobre et fatigué qui sent le troisième jour de casting infructueux, le directeur artistique ne m'adresse que quelques phrases de sa voix de fumeur mal réveillé pour me préciser qu'il s'agit d'un extrait de plaidoirie, me pitchant très brièvement la série. L'ingé son procède aux réglages, vérifie le volume de ma voix comme dans *L'École des fans*. Ils me demandent si je suis prête, je prends une grande inspiration et j'acquiesce. 3, 2, 1, le film démarre.

En temps normal, la règle du jeu est la suivante : l'ingé son projette sur l'écran une boucle (une courte scène du film) une première fois dans son intégralité. C'est l'occasion, pour celui qui s'apprête à doubler, d'écouter scrupuleusement toutes les intentions choisies par l'acteur, toutes les variations du volume sonore. L'objectif est de reconstituer la partition invisible qu'il vient d'interpréter en repérant ses nuances, ses silences, ses tempos. L'apparition de son personnage à l'écran est une étape surprenante. Il faut se concentrer sur l'écoute, alors que le cerveau ne cesse de repérer des informations visuelles, de se faire une opinion subjective de ce qu'il voit, et de se demander ce que donnera sa voix dans ce corps étranger. Vous découvrez une scène de film d'horreur ultragore en russe, une scène de cul interminable exclusivement faite d'onomatopées, un mélodrame hystérique en espagnol ou un dialogue de série comique américaine, et vous devez le doubler dans la foulée. Si on a le temps, un second visionnage est offert, pour se familiariser avec l'intrigue, collecter d'autres morceaux du puzzle, ou tout simplement lire la bande rythmo pour comprendre ce qu'il se dit lorsque la séquence provient d'un film dont la langue vous est parfaitement étrangère. Ensuite, c'est à vous. L'ingé son vous lâche dans le grand bain, la vidéo repasse sans le son, et vous comblez le silence de votre voix comme lors d'un karaoké, en respectant bien le trait noir vertical qui indique le moment où chaque son doit être prononcé, celui qui fait que le personnage n'est pas ventriloque, qu'il n'ouvre pas grand la bouche pour faire un « u », et vous n'oubliez pas d'ajouter toutes les nuances et intentions repérées.

C'est ainsi que l'on procède habituellement, et jusqu'à présent, pour les dessins animés – même japonais –, je n'avais que rarement besoin d'un second visionnage. Mais ce matin, lorsque la boucle est arrivée à son terme et que l'ingé son a appuyé sur la touche « pause », l'écran s'est figé sur le visage de cette fille que je n'ai pu m'empêcher de boire des yeux pendant toute la séquence, oubliant le premier de mes devoirs. Je n'ai rien écouté, rien retenu, rien repéré, j'ai juste regardé, en simple spectatrice. Je parle espagnol, mais l'accent était fort, un accent argentin. Je n'ai pas tout compris, mais je n'ai pas cherché en baissant les yeux vers la bande rythmo. Je n'ai pas pu, la fille à l'écran m'a scotchée. Cette fille, j'ai le sentiment de la connaître, sans l'avoir jamais vue. Je n'arrive pas à cerner l'origine de cette impression : est-ce son regard ou la forme de son visage qui me rappellent quelqu'un ? Je n'en sais rien, et ce n'est pas le moment d'y réfléchir. J'ose demander un second visionnage. Grands seigneurs, le directeur artistique et l'ingé son me l'accordent. Je me ressaisis pour faire taire la phrase qui me taraude depuis que j'ai déposé Clément à l'école ce matin : *Collier magique, transporte-moi !* La vision des cheveux à paillettes de ma foutue licorne décuple ma motivation et je me concentre comme rarement. À la fin du second visionnage, les choses sont assez claires dans ma tête. La fille, avocate, s'apprête à plaider. Le silence retentissant qui précède son intervention en souligne l'importance, c'est son moment. Elle déploie l'artillerie lourde : d'abord quelques phrases faussement interrogatives à l'intention du témoin pour le décontenancer, puis un déferlement verbal en usant d'agressivité ; retour sur le jury avec patience et pédagogie, silence lourd de sens ; audace face au président du tribunal ; et enfin, la corde sentimentale avec rappel des faits dans toute leur brutalité, voix brisée, chuchotement, larme au coin de l'œil, et reprise d'une voix contrôlée inspirant la confiance et la sincérité. Le tout en un peu plus d'une minute, un parfait exercice de doublage. La fille est accessoirement sublime dans son tailleur crème, des cheveux noirs retenus en chignon, un grain de peau qui accroche la lumière, regard magnétique, autant dire que la série peut rencontrer le succès sans le son. J'essaie de ne pas imaginer ce que doivent penser le directeur artistique et son acolyte en me voyant à la barre. Mon seul point commun avec cette fille qui ne doit pas avoir la trentaine, c'est peut-être la couleur de nos chaussures. J'essuie ma main moite sur mon jean puis la repose sur la barre, pressée d'enregistrer pour ne pas oublier les nuances que je viens d'intégrer.

— Et c'est à toi !

Comment décrire ce moment-là ? Les images ont défilé, je suis rentrée dans le regard de la fille, ma voix est ressortie par sa bouche, et j'ai eu l'impression de renaître. Ce visage, ce corps sont devenus les miens. Ce n'est pas tant que je m'y suis plu, c'est que je m'y suis retrouvée.

À la fin de la boucle, je ne sais plus trop ce qu'il se passe, je baigne encore dans les images, je m'imagine dans le tailleur crème, mes doigts touchent ma nuque et s'étonnent de ne pas y trouver de chignon. Une tranquille certitude me gagne, moi qui doute toujours de tout. L'ingé son et le directeur artistique échangent un regard entendu. Ils repassent la boucle, mais cette fois c'est la voix de la gamine de quarante ans en jean et pull informe qui sort des enceintes. Je ne m'en étais pas aperçue à cause de l'accent, mais ils me le confirment, nos voix ont des timbres jumeaux, médiums et légers, avec un petit quelque chose en plus, indéfinissable, qui les rapproche. Ils me demandent de patienter un peu dans le couloir. Je ne sais pas combien de temps s'écoule, mais la sérénité que j'éprouve depuis le début du doublage ne me lâche pas. En retirant ma boisson lyophilisée de la machine à café, j'ai cette impression étrange d'avoir déjà vécu la scène, d'être déjà venue ici ou de ne pas douter que j'y reviendrai souvent, et je souris à la fille de l'accueil comme à une future copine. Je suis invitée à retourner au studio. Cette fois, ils veulent m'entendre rire. C'est une blague ? Rien de plus sérieux, l'actrice a une façon de rire singulière qui ajoute à son capital sympathie, c'est important pour le doublage. En une seconde, tout le calme qui m'envahissait jusqu'alors cède sous le poids de l'angoisse. Rire, comment fait-on déjà ? Où placer le son ? Un rire plutôt nasal ou plutôt en clochettes ? À quoi vais-je bien pouvoir penser pour que cela sonne vrai ? Voilà, ça y était presque, c'est tellement idiot, tellement rageant, quand quelque chose de si naturel vous échappe totalement, et que vous voyez ce que vous teniez presque dans vos mains vous couler entre les doigts. Sur l'écran, une nouvelle séquence apparaît. La fille n'a plus de chignon, mais une cascade de cheveux noirs, elle regarde quelque chose qui devait figurer sur la boucle d'avant, mais qu'il faut deviner, quelque chose qui déride sa moue sérieuse, arrondit lentement les commissures de ses lèvres, fait se relever ses pommettes, et devient son. C'est un éclat de rire surprenant, d'abord contenu dans les graves avant d'escalader une octave d'un bond et de se répandre franchement comme un jet d'eau, un rire enfantin aux accents victorieux qui illumine son visage. J'y lis de la confiance, me plante dans les yeux de la fille et m'exécute à mon tour.

Deux jours après avoir refermé la lourde porte acoustique du studio derrière moi, le directeur artistique, Vincent, m'appelle pour m'annoncer que je suis choisie, grâce à l'éclat de rire. Je ris pour la deuxième fois en deux jours. Vincent me confiera plus tard qu'en me voyant me mettre à rire le jour du casting dans le studio, il fut touché comme s'il avait assisté à une réanimation. Je suis désormais la voix française d'Alma Arenales, l'héroïne de la série argentine *Diosa*[1]. Rien que ça.

*
* *

Ce soir, ce sera terminé. Un dernier tour de clé.

Aujourd'hui, je vide l'eau de mon bain, je largue mes amarres. Je bazarde les bibelots, je donne ce buffet contre lequel je me suis si souvent cognée, l'armoire de Maman dans laquelle je jouais à me déguiser, le bureau sur lequel Papa a lu des milliers de pages jusqu'à ce qu'il n'en ait plus la faculté, leur bibliothèque aux étagères ployant sous les livres, la vaisselle increvable dans laquelle nous avons mangé. Je déshabille les murs sous le regard accusateur des portraits encadrés, je trie, je décide, je tranche, j'ai droit de vie ou de mort sur tous les objets qui m'entourent, et il faut que je me rappelle sans cesse que ce ne sont que des objets – pourquoi donc ai-je le sentiment de trahir en triant –, j'emballe, j'enfourne, je rabats, je scotche. Je vide l'appartement familial.

---

1. « Déesse ».

Il appartenait à mes grands-parents paternels, j'ignore quand ils en ont fait l'acquisition et n'ai plus personne à qui poser la question. Mon père était fils unique, ma mère n'avait qu'un petit frère mort en bas âge, il ne reste plus que Clément et moi au bout de cette branche, avec notre lot de cartons à remplir et de questions à éteindre. Je n'y suis pas retournée depuis plus de dix ans, et plus la distance se fait courte jusqu'au point d'impact, plus le temps semble s'étirer. Si la plupart des boutiques ont changé, Auteuil sera toujours Auteuil, avec ses habitants unis par le même air satisfait d'appartenir à ce « village » dans Paris, veillant à ce qu'il ne subisse ni les affronts du temps ni les extravagances de la société. Philippe et Sylvie ont emménagé dans cet appartement en 1977, en attendant ma venue sur terre. Bon-Papa et Bonne-Maman ont fermé les yeux sur cette grossesse hors mariage, tant qu'elle ne contrariait pas les études de médecine de leur fils. Sylvie fut accueillie avec une vraie générosité et un brin de condescendance (une charmante provinciale promise à l'École des chartes, si seulement elle n'avait pas péché si jeune).

J'y ai vécu trois vies : la première, sans nuages, depuis ma naissance jusqu'à mes sept printemps, la deuxième en valsant avec les humeurs de Maman jusqu'à mon départ, et la dernière sous forme de visites mensuelles, jusqu'à la mort de Papa. Chaque fois, je guettais sur son visage l'expression d'un remords ou une explication, chaque fois je me heurtais à un sourire vaguement désolé, à son Alzheimer fulgurant et à son regard gris d'une douceur insondable, dont je me suis longtemps contentée. L'innocent prend le peu qu'on lui donne.

Partagée entre l'appréhension et la hâte d'en finir, je dépose mon attirail de déménageur dans l'entrée à l'odeur familière, faite de plancher en mauvais état et d'air trop peu renouvelé. Je suis curieuse : depuis toujours, les hommes ont besoin de rites de passage, est-ce que vider cet appartement fera fuir les ombres de mon passé ?

Jamais je n'aurais cru trouver un tel réconfort dans des gestes si répétitifs, Marie Kondo a bien raison. C'en est vite fait de la cuisine, l'emballage de la vaisselle n'est qu'un tour de chauffe, les cartons sont fermés et prendront le chemin d'Emmaüs. La pièce de résistance est à côté, le vrai chantier, c'est le salon. Un peu de musique ne peut pas faire de mal en de telles circonstances : je me dirige vers les casiers en bois peint qui contiennent la collection de vinyles de mes parents, passe l'index sur les tranches des 33 tours. Bowie l'emporte. Énergie, audace, voilà ce qu'il me faut à l'heure du tri. Je ne peux décemment pas tout jeter, il en est de ce salon comme de mon enfance. *Space Oddity* est sur sa rampe de lancement, je relève mes cheveux et attaque. Chaque étage de la bibliothèque est à terre, chaque dossier sorti du placard, les bibelots quittent leur piédestal, les cadres photo sont sur le flanc. Près d'un demi-siècle de souvenirs recouvre bientôt le sol, la poussière miroite à la lumière dans un dernier saut de l'ange avant de les rejoindre. Je fais le serment de ne jamais laisser à Clément un tel stock de vie à débarrasser. Soupir, organisation. Un tas pour ce qui sera donné, un tas pour ce qui sera jeté, un tas pour ce qui sera conservé. Le premier objet vers lequel ma main se tend est un album de photos. Je ne devrais pas l'ouvrir, je l'ouvre. Sur l'image collée au papier de soie jauni, Maman s'affiche, impeccable, le sourire figé, le bras passé autour des épaules d'une petite blonde. Impossible de déchiffrer l'expression du visage de l'enfant tant il est petit, la bouche n'est qu'un pointillé, les yeux ronds pourraient évoquer l'étonnement comme la gourmandise, la photo pixellise un peu, elle a cette patine devenue un filtre tendance. Je sors la photo pour l'examiner de plus près, avec toute l'objectivité dont je me veux capable : une mère tient sa fille par les épaules. L'absent est celui qui immortalise l'instant, le père. La mère sourit, l'enfant est sa copie miniature, deux brindilles qu'on tirerait à la courte paille. La mère porte un haut sans manches, la fille une blouse qui lui couvre les bras. Une banale photo mère-fille. À sa simple vue, je prends un uppercut dans le ventre qui fait sauter les scellés de l'enfance. Tout ressort en vrac. Les ecchymoses, le silence, l'incompréhension, se retenir de dire ou de faire pour ne rien provoquer, déguiser cela en timidité, la solitude. Une boule d'angoisse grossit en dévalant la pente de mes souvenirs, jusqu'à ce que je ne puisse retenir un cri. Je retourne dans la cuisine saisir un briquet et mettre le feu à la photo. *Ashes to Ashes* résonne dans le salon comme une approbation venue de l'au-delà. Toutes les photos y passeront, destruction massive des pièces à conviction du prétendu bonheur familial. *Il ne faut garder que les bons souvenirs,* disait Maman. Ce qui l'arrangeait bien. Je n'ai pas pris assez de sacs-poubelle. J'ouvre la fenêtre pour aérer.

La première chambre sur laquelle donne le couloir est la mienne. Anonyme depuis mon départ, elle a été reconvertie en chambre d'accueil pour étudiants étrangers. Un lit simple au matelas trop mou, une planche posée sur deux tréteaux près de la fenêtre, une commode et une armoire : tous les meubles qui la composent sont défraîchis, comme les murs où seuls quelques traits horizontaux superposés au stylo-bille me rappellent que j'ai grandi ici. Aucune idée de ce que sont devenues mes affaires.

La chambre de Papa et Maman est vide, à mon grand soulagement la femme de ménage a accompli sa mission. Elle a juste laissé une boîte à chaussures à mon intention, préparée par Maman elle-même avant son départ en soins intensifs, qui contient ses bijoux, l'alliance de Papa et ses carnets, quelques papiers. La boîte à chaussures est blanche, le carton brillant, en bon état. J'ai soulevé le couvercle, les affaires sont bien rangées dans des enveloppes séparées avec des indications notées dessus en majuscules, c'est net et propre, cela me va. Je n'aurais pas pu m'en occuper, toucher à leurs affaires, ç'aurait été insoutenable, ç'aurait été dangereux. Les écritures manuscrites m'ont toujours fait trop d'effet, j'entends résonner la voix de leur auteur en suivant le tracé des pleins et des déliés. Les étoffes aussi. Elles conservent trop d'odeurs, rien de pire que les odeurs pour faire renaître quelqu'un sous vos yeux et saisir votre cœur. On peut perdre la raison à cause d'un parfum. Celui de Maman m'aurait plongée dans un abîme de doutes. Il sent trop bon.

Je l'aime trop.

De retour au salon, je contemple mon œuvre. Vide, l'appartement fait encore davantage résonner l'écho de leurs voix, le souvenir de leurs silhouettes. Elles se côtoient en silence, font fi du temps qui passe, se juxtaposent en s'ignorant. L'image de Papa jeune, physique sec du médecin voué aux autres, installé à son bureau avec son éternel col roulé gris, cohabite avec celle de Papa avant de mourir, l'air d'un vieil enfant perdu, avachi dans son fauteuil. Le fantôme de Maman nous tourne le dos, accoudé au balcon avec sa cigarette. Je peux presque en sentir la fumée, la voir onduler dans la pièce ravagée. Seule devant le carnage, entre ces murs où les traces grises laissées par les meubles déplacés font penser à un cambriolage, je me sens, moi aussi, comme un contenant vidé, et rempli d'eux. Par terre, le tas des affaires à donner prend la première place du podium, devant ce qui est calciné. Je ne garderai que les disques.

*

* *

— Si je cherche une voix de petite blonde, je penserai à toi !

Je m'étais dit qu'il avait de l'humour, mais le directeur artistique qui m'avait fait cette réflexion quand je lui avais tendu mon CV était tout ce qu'il y avait de plus sérieux. Pour lui, seules les blondes pouvaient doubler des blondes, il y avait des voix de blondes, on se comprenait entre blondes, et les blondes ne pouvaient pas comprendre le reste du monde. Il est rare qu'un Noir double un Blanc dans un film, l'inverse est courant. On peut dire que Vincent a fait preuve d'ouverture d'esprit en prenant celle dont je vois le reflet dans la glace pour doubler Alma Arenales. Avec mon carré aux épaules, mes tenues lâches et mon air constamment étonné, j'ai tout de la gamine coincée dans un corps d'adulte. Paul y trouvait un certain charme. Il faudrait que j'interroge ma psy sur les causes de mon attachement vestimentaire au stade adolescent, elle va se régaler. Je sors un rouge à lèvres de mon sac posé sur le carrelage douteux des toilettes, j'ai pensé à le déterrer de ma trousse avant de partir pour l'école tandis que Clément prenait de l'avance dans l'escalier. Alma en porte un rose très léger dans l'un des épisodes que nous avons épluchés hier en petites boucles au studio. Penchée sur le lavabo, j'applique une couche de couleur pour me sentir prête. Après tout, les costumes sont bien là pour aider les comédiens à se fondre dans leur personnage, le principe reste valable en doublage. Deux couches, c'est mieux. Le produit est un peu sec, je ne me suis pas maquillée depuis mon dernier spectacle et cela commence à dater. Le tout premier semble irréel. J'avais seize ans et ma professeure principale avait proposé à mes parents de m'inscrire à l'option théâtre, y voyant un bon remède pour lutter contre ma nature, qu'elle qualifiait de réservée. Mes parents n'y virent pas d'objection. Elle en fut ravie, moi consternée. Que mes parents ne voient pas d'objection à un remède contre le mal dont ils étaient responsables, qu'ils me laissent me débattre contre mon effacement, c'était le comble. Comme dire à quelqu'un qu'on a bâillonné pendant des années : *Au fait, si tu veux, tu peux parler*. Je suivis les cours avec ardeur et fus choisie pour jouer Agnès dans *L'École des femmes* en fin d'année, *parfaite pour incarner les jeunes premières innocentes*. Des applaudissements saluant nos exploits le soir de la représentation, dans cet auditorium plein à craquer de parents et de fratries, je garde le souvenir de la plus belle et de la plus constructive des revanches que j'aie jamais pu mettre en œuvre contre mon enfance muselée. Mais cette gueule, rien à faire, conserve cet air fragile et contrit qui m'éloigne de beaucoup de rôles. On ne voit pas Calimero jouer Betty Boop. Je relève mes cheveux devant la glace. La lumière au néon au-dessus du miroir n'arrange rien. Passer plusieurs heures par jour à doubler une fille plus jeune et plus belle que moi, c'est formidable, et formidablement frustrant. Entendre ma voix sortir du corps d'Alma, c'est un soulagement, mâtiné de regrets. Ç'aurait pu être moi. J'aurais pu avoir cette assurance, cette confiance en moi solaire qui m'aurait permis de tracer une route plus droite et plus goudronnée dans ma carrière, dans ma vie. J'ai perdu un temps fou. Je ne veux pas tomber dans l'autre camp, celui des aigris et des vieux, encore moins dans celui des sages, je tiens à marcher encore un peu sur la ligne de crête, mais je commence à regarder les jeunes comme une autre espèce. Avant, je n'aurais jamais dit « les jeunes ». Tout arrive. Ce n'est pas facile de croiser mon reflet dans le miroir de ces toilettes à la fin de chaque séance. J'aimerais y déceler l'éclat des yeux d'Alma. Mes cheveux glissent, rien à faire. Qu'est-ce qu'elle a de si dingue ? À quoi ça tient, l'effet qu'elle produit ? Cela fait une semaine que je la double et j'ai encore du mal à mettre des mots dessus. Je place mes mains sur mes tempes pour modeler mes traits, j'étire mes yeux pour les fendre, je cherche à composer le visage d'Alma. Il exprime un tempérament décidé, sauvage. Un cadre brut, adouci par la courbe des lèvres qui répondent au dessin de ses yeux. Elle est de celles qui attirent tous les regards, qui font tourner les têtes et aimantent les yeux des autres comme un réflexe, soumis qu'ils sont à la loi de la beauté. Autant de contrastes qui s'imbriquent pour façonner un visage si harmonieux, c'est fascinant. Peut-être parce que c'est encore l'une des rares choses qu'on ne contrôle pas entièrement, un visage. Son jeu est intense, mais simple, nuancé. Sa beauté ne l'encombre pas, elle ne s'en soucie pas. Certains comédiens travaillent leur instrument pendant des années, accumulent les cours, les stages, les expériences et, malgré leur sincérité et leur engagement, ils n'auront jamais sur scène que le charisme d'une plante verte. D'autres incendient une caméra dès qu'ils apparaissent, muets, dans le champ. Il n'y a pas de justice dans ce métier, pas toujours de mérite non plus. On a beau dire que le talent, c'est du travail, l'inverse n'est pas vrai. Alma Arenales n'a que vingt-cinq ans et cette série est son premier contrat, c'est à se demander si les vies antérieures existent. Je relâche la pression de mes doigts, laisse la peau de mon visage tranquille et mes yeux ronds reprennent leur place initiale dans le reflet. J'y souris bêtement. J'aimerais être à sa hauteur. À la mienne. Je saisis mon sac et file à la barre avec l'impatience d'un premier de la classe le jour d'un examen.

*
* *

— Elle est originale, ta mère !

L'adjectif est recevable. Mais il n'est pas le seul. On peut dire de Maman qu'elle était originale, fantasque, extravagante, drôle, surprenante, attachante. On peut aussi dire qu'elle était désaxée, dangereuse, imprévisible, ou encore invivable. Malade reste une option. Papa l'avait sûrement compris, mais jamais il ne l'a dit. Choisissez bien vos mots, ils peuvent faire autant de ravages qu'un pavé dans la mare crée de remous. Je tiens à la neutralité comme à une distance de sécurité.

Ce qui est unanimement reconnu, c'est que Maman faisait des choses peu communes, comme faire parler des objets, alpaguer un passant dans la rue pour lui raconter une blague ou lui demander de sourire, se mettre à chanter ou à danser à tout moment – surtout le moins opportun – juste parce qu'elle en avait envie, s'habiller avec des vêtements de Papa, cracher devant une église avant de serrer la main du curé. Elle bénéficiait de la stupéfaction muette des personnes prises à partie dans ses numéros, et profitait de leur délai de réaction pour passer à autre chose. Les gens ne savaient pas s'ils avaient bien vu ce qu'ils avaient vu, si elle avait bien dit ce qu'elle avait dit, et le temps qu'ils se le demandent, elle avait déjà tourné les talons ou repris une attitude des plus rangées. Maman savait manier l'art de la surprise. Elle n'eut jamais de frein, j'eus souvent honte. Il m'est arrivé de rire malgré moi, exactement comme lorsque je ne parviens pas à rester sérieuse face à Clément qui se recouvre le visage de peinture au lieu de faire un dessin. J'aurais été sa première fan s'il n'y avait eu le revers de la médaille, si elle n'avait pas imposé son épuisante valse à la maison. Car Maman pouvait également planter sa fourchette dans ma main pour arrêter un geste qui l'énervait, maintenir le jet d'eau glacée de la douche malgré mes cris, me rendre responsable de la moindre de ses contrariétés. J'observais Maman comme une infirmière constate les dégâts d'une maladie, tentant d'élucider la façon dont ils s'incrustaient dans son esprit. Je crois qu'elle se surprenait toujours elle-même. Contre toute attente, la folie de Maman séduisit le quartier. On lui passait ses frasques, elle savait désarmer d'un sourire le plus tenace des conservateurs, elle apportait de l'eau au moulin des bavards, divertissait ce quartier guindé tout en restant quelqu'un de respectable, adoubée par son médecin de mari. Et puis, surtout, elle était belle. Femme de médecin et belle, au fond, il n'en fallait guère plus.

Pour la définir, j'emploie un autre qualificatif. « Inexplicable ». La beauté de la lumière, la beauté de l'ombre résistent-elles à une explication ?

Paris, 1974

Elle a commandé une noisette dont l'arôme s'élève jusqu'à son épaisse frange blonde. Narines dilatées, Sylvie inspire à pleins poumons l'air qui l'entoure et ouvre grands ses yeux pour se gaver de cet instant fondateur. Elle y est arrivée. Voici qu'à présent elle figure sur la carte postale tant fantasmée au lieu de la regarder. Devant ses yeux, ce n'est pas Notre-Dame qui se dresse ni la tour Eiffel, mais il y a le bitume d'où s'élancent les immeubles imposants du seizième arrondissement, cette terrasse de café où l'on n'est pas étonné de servir une fille seule et à peine majeure, ce léger accent parisien qui résonne entre les tintements des verres qu'on essuie et des petites cuillères qu'on allonge contre leurs tasses.

Sylvie se demande quand elle boira sa dernière noisette ici, à Paris. Elle procède souvent ainsi pour se rassurer : quand elle s'assied au cinéma, elle pense au moment où elle en ressortira la tête pleine d'une nouvelle histoire, quand elle commence un devoir sur table, elle se demande si elle quittera la salle avec la satisfaction du devoir accompli ou la crainte de l'échec, quand elle tire le rideau d'une cabine d'essayage, elle s'imagine repartir avec son achat sous le bras. Dans le cas présent, l'exercice est tout bonnement impossible, son cerveau refuse net d'envisager une fin quelconque à cette nouvelle vie qu'elle a tant convoitée. Les au revoir avec ses parents sur le quai de la gare ce matin, personne n'y a cru : Sylvie ne prendra pas le train en sens inverse. C'est mieux pour tout le monde. Le sérieux de son travail a payé, elle a gagné son sésame pour quitter Jonzac et compte bien laisser le passé loin derrière elle.

La tasse réchauffe délicieusement ses doigts, le petit goût d'inconnu et de liberté de la noisette coule dans sa gorge. La table qu'a choisie Sylvie donne sur la porte du prestigieux foyer des lycéennes de la rue du Docteur-Blanche, ses deux valises attendent sagement à ses pieds. Plus de parents inquiets ou désinvoltes à son égard, et pas encore de directrice d'établissement à qui rendre des comptes, elle est entre deux temps. Le passé qu'elle a le devoir d'oublier, l'avenir qu'elle a hâte de saisir. Ici, personne ne la connaît, or ici, c'est le monde. Un hurlement d'enfant tire Sylvie de sa rêverie comme un seau d'eau glacée en pleine figure. Elle se lève d'un bond, pose sa monnaie sur la table et se dirige vers le foyer, munie de ses valises, suivie par son fantôme.

Je crois que je rends Vincent un peu fou à force de lui demander de refaire des boucles lorsque je ne suis pas totalement satisfaite, quand je sens que je peux mieux faire. Parfois, il préférerait terminer un peu avant l'heure prévue, il a d'autres projets sur le feu et ce que je fais lui convient, mais je vise le doublage parfait. Il m'arrive de lui proposer des tournures de phrases différentes lorsque j'estime qu'Alma ne s'exprimerait pas exactement comme les adaptateurs en ont décidé sur la bande rythmo, je sors alors un peu de mon rôle, c'est vrai, mais après tout qui la connaît mieux que moi ? D'ailleurs, Vincent m'accorde souvent sa bénédiction, peut-être pour gagner du temps, il sait que je ne lâcherai pas le morceau. Alma mérite d'être doublée aussi bien qu'elle joue et je m'investis autant qu'elle le fait, je tiens à jouer ce rôle entièrement, même si ce n'est que ma voix qu'on entendra. Je veux être une voix incarnée. Chaque matin, je la chauffe, la travaille comme une boule de pâte, la déroule sur toute sa longueur, la pousse dans tous ses résonateurs, je lis à haute voix des textes dignes de calembours, surarticule et chuchote, puis je l'entoure d'une écharpe avant de partir pour le studio. À la barre, je suis comme un lion en cage, je crois parfois expérimenter le phénomène de « sortie du corps » : je suis là, moi, Claire, derrière cette foutue barre en acier qui me tient éloignée de l'écran comme si on m'en refusait l'accès, mais mon esprit est là-bas, à Buenos Aires, sur un plateau de tournage, dans la tête de cette brune, dans le regard de la *Diosa*. Je l'ai apprivoisée. À force de passer ses scènes au scanner, de décrypter les intentions tapies au fond de ses silences, de repérer ses gestes récurrents, sa façon de froncer les sourcils, de rejeter sa mèche en arrière, à force de me caler dans le rythme de sa démarche, de courir avec elle derrière des témoins en fuite, de séduire un flic pour lui extorquer des informations, de pleurer pour un jeune délinquant beau comme un dieu condamné à vingt ans de prison, à force de vivre avec ce personnage, de le faire parler, et somme toute, de le révéler, je me perds. C'est fou, mais il m'arrive parfois, lorsque je découvre une boucle, dès le premier visionnage, d'anticiper ce qu'Alma s'apprête à faire ou dire, la façon dont elle va réagir. Je ne sais plus alors qui fait parler qui. Une sorte de communion d'esprit. Je ne sais pas quel effet cela fait de doubler Claire Danes, Robin Wright, Camille Cottin ou Mimie Mathy, mais je vis avec Alma Arenales une relation unilatérale extrêmement épanouissante.

*

* *

Je me suis réveillée avec ton franc sourire en travers de ma tête, s'étirant en diagonale depuis le bas de ma joue jusqu'à ma tempe opposée, passant entre mes yeux ronds avides de le déchiffrer. Tu m'as plus souri que tu ne m'as tapée, je crois. Je n'ai pas compté, j'aurais dû tenir une comptabilité de tes faits et gestes pour savoir si mon ressenti est justifié, s'il est juste. Encore aurait-il fallu que je ne trouve pas ton comportement à mon égard normal. Je te reproche tes coups autant que je t'aime. Mon esprit fait ton procès, mais mon cœur reste à toi, incapable de se séparer de sa mère originelle, celle qui ne faisait pas mal, celle dont le regard portait loin, celle que j'aurais aimé accompagner dans cette contrée inconnue dont elle semblait provenir. C'est en souvenir de cette mère et dans l'espoir de son retour que je n'ai pas bronché pendant des années. L'incompréhension fut ma seule fuite en avant, ou plutôt mon impasse favorite. Une seule fenêtre à cette impasse, le doute :

je suis peut-être folle et j'ai tout inventé. Cela expliquerait le silence de Papa.

Quand j'ai réveillé Clément, il restait encore quelques traces de ton sourire en diagonale sur mon visage, et tu nous as accompagnés cette première heure du jour, pendant le petit déjeuner puis le départ pour l'école, l'empreinte s'effaçant petit à petit, jusqu'à ce qu'il ne reste que mon ovale qui m'a paru incomplet lorsque je suis revenue à la maison. Tu es repartie valser, je boite.

Qu'est-ce qu'un geste malheureux ? Un mot malheureux ? Que signifient ces fameux « mots qui dépassent notre pensée » ? Ne la devancent-ils pas ? À partir de quel moment un geste malheureux relève-t-il de la maltraitance ? Comment faire rentrer un fait précis dans une typologie qui recouvre tant de situations différentes et qu'on ne réserve qu'aux autres ? Est-ce si grave ? Faut-il prendre en compte la répétition du geste ? À quelle fréquence ? Où se trouve la frontière entre un écart de conduite, un dérapage incontrôlé, un comportement déviant et de la maltraitance ? Où était cette même frontière il y a trente-cinq ans, lorsqu'une gifle n'était pas passible de prison, que l'IVG en était à ses débuts, que les enfants n'étaient pas, comme c'est désormais le cas de la plupart des petits Occidentaux, désirés ? Faut-il prendre en compte l'intention ? Une gifle donnée sans raison fait-elle plus ou moins mal qu'une gifle motivée ? La préméditation rentre-t-elle en ligne de compte ? Si un geste n'est pas expliqué ou verbalisé, existe-t-il ? Et répéter à son enfant qu'il est la huitième merveille du monde, est-ce violent ? Je me perds en questionnements rhétoriques pour faire barrage aux émotions. Je n'ai pas de réponse. J'envie les gens qui ont un avis sur tout, et ils sont de plus en plus nombreux. Je trouve toujours des excuses, cherche les causes, tente de contextualiser, pèse le pour et le contre, m'en remets aux experts. J'aimerais avoir des opinions tranchées, j'en suis incapable. Parce que je t'ai tout passé, pendant trop longtemps, et que tu as tout mélangé.

J'ai peur pour Clément. C'est trop précieux, trop fragile, l'enfance. Quelle folie de confier ça à des adultes.

Paris, 1976

Cinq matins par semaine, Sylvie monte à bord du bus 63 en direction de la Sorbonne où elle est en deuxième année d'histoire. Elle se voit professeure au lycée, certainement pas institutrice comme sa mère (comment a-t-elle pu ?), ou peut-être archéologue si elle a le courage de poursuivre ses études. Alors que la plupart des étudiants se pressent au café dès la fin de leurs cours, Sylvie prend le chemin de la bibliothèque. Hélène, sa coturne de la rue du Docteur-Blanche, la taquine sur son goût pour la solitude et son sérieux en brandissant ses deux sorties hebdomadaires. Pourtant, Sylvie se sent bien moins seule qu'à Jonzac. Savoir que d'autres étudiants ont parcouru les mêmes pages qu'elle et usé les mêmes bancs lui plaît. Dans ces présences invisibles qui l'entourent, elle peut enfin diluer celle qui ne la quitte jamais. À travers les livres d'histoire, Sylvie étudie les hommes et leur passé, les grandes figures, l'engrenage des guerres, les illusions de paix, les erreurs récidivées de toute part et de tout temps, les modes, les peurs universelles, les spécificités nationales. Derrière les dates, elle s'attache à décrypter la marche du monde. Comprendre un événement et les relations de cause à effet lui procure un sentiment de bien-être qu'elle ne soupçonnait pas. Si seulement toutes les actions pouvaient avoir une cause précise, expliquée noir sur blanc dans un livre.

La Sorbonne, la bibliothèque Sainte-Geneviève et sa chambre du seizième arrondissement forment son triangle des Bermudes quotidien. Sylvie engloutit les livres pendant ses déplacements, engrange des connaissances, mémorise, analyse, progresse, critique, dort et recommence. Sylvie va bien. À force d'être enfermée le plus clair de ses journées, le rouge de ses joues a disparu au profit d'un nouvel éclat dans ses yeux, la satisfaction d'étudier une matière aussi vaste que le monde et le temps réunis, et de poursuivre sa route. Il n'y a guère de place pour autre chose dans sa vie, les commérages rapportés par Hélène lui font office de récréation, les quelques obligations collectives qu'induit la vie rue du Docteur-Blanche lui sont plus que suffisantes. Les autres étudiantes du foyer s'accordent pour dire de Sylvie qu'elle est discrète, et parfois imprévisible.

Même Hélène ne saurait pas dire grand-chose sur celle qui partage ses neuf mètres carrés de chambre. Hélène aime bien parler, Sylvie aime bien écouter, voilà tout. Parfois, elle a le cafard, cela, Hélène le sait, elle a bien essayé de lui faire cracher le morceau plus d'une fois, mais comme elle a le silence en horreur, elle finit toujours par combler celui de Sylvie en racontant ses déboires sentimentaux afin de lui remonter le moral, et n'obtient jamais d'explication. Toutes les filles du foyer ont des coups de cafard de temps à autre. Sylvie est comme tout le monde, en un peu « plus ». Une distance plus marquée, des silences plus longs avant de répondre, un regard plus aiguisé que la moyenne qui vous scrute à l'abri de sa frange, et, parfois, des explosions plus vives, une repartie plus étonnante.

Cela ne fait que deux ans que Sylvie est à Paris, mais Jonzac est déjà à des années-lumière. Elle n'y est pas retournée, ses parents ne sont pas venus. Quelques lettres ont été échangées, polies, *n'hésite pas si tu as besoin de quoi que ce soit, avec toute notre affection*. Pour son premier Noël au foyer, ils lui envoient un livre dans un emballage cadeau. Sylvie poste en retour un recueil de photos de Paris et se croit obligée de préciser qu'elle a beaucoup trop de travail pour faire le voyage en cette période de fêtes. L'année suivante, les échanges s'estompent, la séparation semble cicatrisée. Les résultats de Sylvie sont là pour attester de son travail, la petite est sur les rails, c'est bien ainsi. Sylvie ne saura jamais avec quelle force sa mère a pleuré son départ de la maison, une éclopée sans sa béquille, contrainte de nouveau au deuil d'un enfant. C'est son père qui rédige les petits mots envoyés par la poste avant de les faire signer à sa femme. Si peu de place sur une carte postale, mais tant de difficultés à forcer l'espace vide à devenir écriture, à coucher des mots au dos d'une image se voulant riante et apaisée, pour que Sylvie continue son chemin sans se retourner. Des mots façades, des mots fourre-tout, insipides, mais des mots tout de même, pour qu'un échange subsiste entre sa fille et lui, fût-il aussi fragile et impersonnel que son support cartonné. Qu'écrit-on au lieu de soupirer ?

De fines gouttes de pluie s'abattant sur un carreau de fenêtre pendant une rafale feraient le même bruit. Je pianote frénétiquement sur mon ordinateur, en quête d'informations sur Alma Arenales. J'en connais déjà un rayon sur sa destinée digne d'un conte de fées pour la génération Netflix, je peux citer sa date de naissance et son thème astral avec l'ascendant, mais c'est plus fort que moi, j'ai besoin de savoir s'il existe de nouveaux sites de fans, si d'autres détails figurent sur la Toile, notamment sur son enfance, qui ne tient qu'en à peine deux lignes sur Wikipédia et n'est évoquée qu'à demi-mot dans les interviews accordées par l'actrice argentine la plus en vue du moment. Cela ne se voit pas lorsque l'on visite mon appartement, encore moins ma cuisine, mais je sais être assez organisée quand je me prends au jeu. J'ai imprimé et archivé ses interviews dans un dossier sur lequel j'ai collé une étiquette « A.L.M.A. ».

J'avais d'abord griffonné « ALMA » sur le rectangle collant, en toute logique, puis je me suis ravisée, me disant que cela faisait un peu psychopathe d'avoir chez soi un dossier au nom d'une personne qui ne vous connaît pas, alors j'ai ajouté des points entre chaque lettre pour plus de mystère. Ce qui fait probablement de moi une superpsychopathe. Sur mon ordinateur, j'ai épinglé en favoris les sites et les forums de fans de toutes nationalités que j'ai pu trouver. La série vient d'être doublée en japonais et le choix de la doubleuse m'a horrifiée. Son timbre de voix n'a rien de commun avec celui d'Alma, on dirait une ado de quinze ans. De toute la collection de voix qui doublent Alma dans le monde, je suis, en toute objectivité bien évidemment, celle qui s'en rapproche le plus. J'ai commencé à me renseigner sur ces autres femmes qui doublent Alma. Je pense souvent à elles, nous formons une sorte de sororité. L'idée me plaît. Le fruit de mes recherches, moins : je trouve peu d'éléments, à cause de l'épaisse fumée qui entoure l'univers du doublage en général, et les rares informations dénichées soulignent plus notre hétérogénéité qu'autre chose. J'aurais aimé trouver quelques points communs avec mes consœurs mais le seul site existant est celui de Tracy, la doubleuse américaine, manifestement plus passionnée de macramé et de cookies vegan que de septième art.

En tapant son nom, Google me propose d'emblée une série de mots clés prouvant s'il en était besoin sa popularité et la curiosité des spectateurs à son égard : « Alma Arenales couple » devance « Alma Arenales biographie » et « Alma Arenales film ». Les photos sont légion, c'est un kaléidoscope d'Alma sur fond de tapis rouge, en robe décolletée pailletée aux Golden Globes, en dentelle noire aux Emmy Awards, en costume Saint Laurent aux Goyas, en rouge fatal aux Cóndor de Plata. Sur chaque image, elle tient dans ses mains une glorieuse statuette dans des déclinaisons de métal, et affiche le même large sourire plein de dents blanches. D'autres photos de paparazzi émaillent l'écran, Alma en sweat dans la rue protégeant son visage de son coude, Alma (peut-être ? c'est tellement flou) attablée au restaurant avec un quinquagénaire incarnant tous les clichés du mâle latino, Alma tenant la main d'un petit jeune pour lequel je regrette de ne pas avoir vingt ans de moins, Alma en talons, Alma en tongs, Alma, Alma, Alma. Je suspecte certains fans d'être détectives privés tant les forums débordent de rumeurs sur les scénarios proposés à l'actrice, d'informations sur ses fréquentations, ses vacances, dates et lieux de ses tournages, ou encore ses boutiques préférées. Moi qui me prenais pour une psychopathe. J'ai simplement une grande conscience professionnelle : comédienne, doubleuse et experte en

Alma Arenales. J'approfondis minutieusement mon domaine de recherche afin de mieux accomplir mon travail. Et j'aime ça. Quel mal peut-il y avoir à aimer son travail ?

*
* *

Clément n'a jamais autant pleuré. Ça n'a pas été immédiat, il a d'abord essayé de digérer l'information, de la faire entrer dans les cases préformatées de son cerveau, mais l'information en heurtait plusieurs murs, il y avait des conflits d'ordre technique, cela ne rentrait pas, il a donc fallu que mon petit homme pose des questions : d'abord, comment pouvais-je être sûre que Sylvie (aucune de nous deux ne lui avait proposé de surnom à connotation grand-maternelle) était morte ? Un coup de téléphone de la part de quelqu'un qu'on ne connaît pas suffisait, vraiment ? Puisqu'elle était à l'hôpital, là où l'on soigne les gens, ne pouvait-on tenter une opération quelconque ? Ensuite, que faisait-elle dans cet hôpital ? Je n'avais pas préparé Clément et je ne m'étais pas préparée davantage, un déni dans toute sa splendeur. Papa était mortel, cela je l'ai toujours su, mais toi, non. Je me suis souvent inquiétée à cause de toi, mais pas pour toi, c'était l'une de tes qualités à mes yeux, une mère toute-puissante c'est à la fois effrayant et rassurant. Clément m'a posé ces questions sur le ton du scandale. Comment ça, on lui avait caché une maladie du nom de cancer ? Comment ça, on ne l'avait pas emmené la voir à l'hôpital pour qu'il lui apporte un dessin ? Comment ça, les médecins n'avaient rien pu faire ? S'il l'avait su plus tôt, il aurait pu la réparer, il en semblait convaincu, tout était de ma faute, comme le départ de son papa. Au moins, c'était sorti. À quelques mois d'intervalle, cela faisait beaucoup pour un enfant de six ans. Je n'aurais jamais pensé que perdre sa grand-mère lui ferait un tel effet puisqu'il ne la voyait que très rarement. C'était juste l'inverse. Clément m'a demandé pourquoi je ne pleurais pas. Je lui ai répondu que je pleurais depuis trop longtemps à l'intérieur, il est reparti construire une tour dans sa chambre et a balancé ses Lego de rage lorsqu'elle s'est effondrée. Ç'a été son unique accès de colère, ensuite il a pleuré jusqu'à l'enterrement de Sylvie à Jonzac, auprès d'une famille allongée sous l'herbe dont ni lui ni moi ne savons rien. Je me suis mille fois demandé ce qui avait pu provoquer ta distance à l'égard de tes parents, j'ai suspecté des attouchements, des discordes, je n'ai pas le moindre indice. Quelques souvenirs de vacances sont remontés, lorsque j'étais petite, à Jonzac, dans la maison de mes grands-parents, empreints de douceur et de silence, je n'arrive pas à saisir ce qui t'a donné envie de quitter cette maison, tout comme Clément ne peut saisir la complexité de nos liens. Mon fils et moi ne nous sommes pas lâché la main de toute la cérémonie, je ne saurais dire qui tenait la main de l'autre, elles ont fini broyées comme nos cœurs et mouillées comme nos yeux. Entourés d'herbe verte et de gravillons, nous avons assisté à la mise en terre de Sylvie. À cause de la pluie tenace des jours précédents, je me souviens du vert vif de l'herbe qui tranchait avec le gris des tombes, rappelant comme on est bien, là, à l'air libre, à se faire dorer la peau aux rayons du soleil. Elle était si verte qu'elle distrayait l'attention. Elle semblait dire *regarde-moi, attrape-moi par poignées entières, accroche-toi à mes doigts fins, tire dessus, sens la résistance de mes racines, vois comme elles tiennent bon. Je suis en vie, et toi aussi. Il a beaucoup plu, tu as beaucoup pleuré. Tu trouves sûrement que ce ne sont pas les bons mots, que « pleurer » c'est trop fade, qu'on pleure pour un bobo, qu'on pleure de fatigue ou d'un trop-plein d'émotions, mais qu'un être qui part c'est autre chose. Tu as raison, je ne suis que de l'herbe. Je prends soin d'elle maintenant. Tu peux partir, il suffit de le décider. Regarde, tu n'es pas partie avec l'eau de tes larmes, cela te surprend toi-même, mais tu ne t'es pas dissoute de chagrin. Tu dois partir. Laisse-la-moi. Qu'est-ce que tu vas faire ? À quoi ça sert que tu restes là, à côté de la pierre ? Sens la brise sur ta peau. Le ciel est le même partout.*

Paul avait fait le déplacement. Sa présence derrière nous a décuplé d'un coup la boule qui obstruait ma gorge. J'étais immensément triste de réaliser que les seules choses susceptibles de nous réunir seront désormais des passages de relais. J'ai appris qu'il était allé voir Maman à l'hôpital une semaine avant sa mort, j'ignore comment il l'a su. Il aurait aimé que je me réconcilie avec elle. C'est lui qui avait insisté pour qu'elle fasse la connaissance de Clément dans son panier d'osier, alors que dans ma tête je voyais défiler les pires scènes de *La Main sur le berceau*. Certains enfants sont nés d'un verre de trop, d'un oubli de pilule, d'une impérieuse horloge biologique, Clément est né d'un défi. Je peux le faire ! Je peux assurer comme mère, je vais te montrer, Maman, tu vas voir ce que c'est d'élever un enfant sans lui faire de mal, tu vas voir ma douceur à son égard en toutes circonstances, ma patience, mon écoute, mon amour pour lui. Quand tu auras constaté comme il est bien avec moi, comme nous baignons dans une harmonie familiale sans trêve, comme il est épanoui et insouciant, alors tu t'en mordras les doigts, tu t'en voudras pour tout le mal que tu m'as fait, pour la jeune pousse que tu as asséchée, la glaise que tu as aplatie, le disque que tu as rayé. Peut-être demanderas-tu pardon. Tu verras

Clément et tu te diras que Claire a fait un sacré bon boulot, qu'elle a eu la force de ne pas poursuivre ton sabotage, d'endiguer tes habitudes, qu'elle a brisé tes effets, étouffé tes charmes. Claire, celle par qui la valse s'arrête. Les rôles de résilientes, j'ai toujours adoré ça. Le jour de ta visite, je tremblais. À quel mouvement de valse en serions-nous ? Te laisserais-je le prendre dans tes bras ? Le voudrais-tu seulement ? Tu as été d'une gentillesse, d'une prévenance à vomir, t'enquérant du moindre de ses gaz, lui faisant des risettes à n'en plus finir, t'extasiant devant ce petit être comme tu ne l'as probablement jamais fait devant moi. Imprévisible comme toujours, tu as déminé notre territoire commun et tu as remis les explosifs au creux de mes paumes en me souriant.

Lorsque je récupère Clément à la sortie de l'école, j'observe les nombreuses nounous et les quelques parents. Du côté des mamans, il y a celles qui s'agenouillent devant leur enfant pour l'accueillir à sa hauteur, celles dont la voix grimpe d'une octave à la minute même où elles s'adressent à lui, celles qui semblent oublier l'utilité d'un prénom tant elles n'utilisent que des expressions à base de « chou », de « trésor », d'« amour » et autres « cœur ». Les rituels varient, mais toutes semblent l'accomplir avec spontanéité. Du côté des nounous, la récupération est plus sobre et distanciée. Je relève de cette catégorie, mais j'adorerais être du côté des mamans. Le chemin de la maternité était facile à suivre avec Paul, il l'avait balisé de bon sens et d'émerveillement. C'est une difficulté sans nom à présent. Je suis tellement rassurée de savoir que Clément passe la moitié de son temps avec son père. Vois jusqu'où tes coups auront porté.

Paris, 1977

En quittant l'immeuble bourgeois du Dr Devienne, elle a le sentiment de sortir dans la rue pour la première fois de sa vie. Il fait encore doux, elle n'est pas restée plus d'une heure dans cet appartement reconverti en cabinet où se côtoient moulures, parquet ciré et installations médicales ; le soleil de cette fin d'après-midi de septembre joue encore dans ses cheveux blonds, l'été persiste. Le doute, lui, n'est plus. Le docteur vient de lui confirmer qu'elle attendait *un heureux événement*, le trait fin lui servant de bouche s'arrondissant en un sourire irritant, manifestement à mille lieues d'imaginer ce que cette nouvelle pourrait déclencher.

Elle a renfilé son pattes d'eph sans rien dire, baissé son tee-shirt à fleurs turquoise sur sa poitrine plus généreuse que d'habitude, et a entendu avec une stupéfaction muette la liste de conseils débités par le surdiplômé assis en face d'elle. Elle a remercié, s'est entendue convenir du prochain rendez-vous de suivi avec la secrétaire comme si elle avait quitté son propre corps, a dit *au revoir madame* et est sortie. Un intrus s'est accroché à ses entrailles et une certitude s'empare d'elle : la tranquillité lui est à jamais ravie, rayée au feutre rouge, sans prévenir, alors qu'elle y aspirait enfin. Elle a vingt ans. Elle porte une vie destinée à mourir, comme toute vie, et n'encaisse pas l'idée. Elle ne sait pas si c'est par amour déjà pour cet être dont les cellules ne cessent de se multiplier, dévorant son utérus lentement mais sûrement, ou si c'est par crainte de se découvrir incapable d'en prendre soin. Jean. Son joyeux babil explose à ses oreilles en un éclair cruel, elle secoue la tête pour le faire taire. L'IVG est légale depuis trois ans. Elle ne connaît Philippe que depuis quelques mois, mais il l'adore. Elle se courbe subitement pour vomir dans le caniveau, décidément son corps ne lui appartient plus. Sur le chemin du retour, elle prend la décision de ne rien dire à Philippe et de réfléchir.

Période d'essai.

— Vous avez vu *Diosa* hier ?

Le lendemain de la diffusion du premier épisode en France, j'avais l'impression qu'on me regardait différemment dans la rue, qu'on me reconnaissait. Je souriais aux regards des passants qui ne se posaient sur moi qu'en glissant, tout en sachant que c'était stupide, je ne suis qu'une voix.

Je n'imaginais pas que le succès prendrait de telles proportions, pourtant Vincent m'avait prévenue. En studio, j'avais bien repéré le potentiel de la série, mais à force de baigner dedans j'avais relativisé son impact et je pensais que l'intrigue pâtirait de l'effet d'annonce, que plus la série serait attendue et plus le public français serait déçu. Il n'en est rien. Depuis trois semaines, l'audience bat des records, les réseaux sociaux s'enflamment, on commente la série au bureau devant la machine à café, dans les bars, on cherche les épisodes en streaming, on se passionne pour l'Argentine. Frank Underwood tape du poing sur la table, *Game of Thrones* annonce l'arrivée de l'hiver, *Diosa* fait déferler un exotisme latin et un grain de folie tout argentin sur le paysage audiovisuel mondial. Drôle de série, incarnée par un personnage de femme forte, indépendante et très post-#MeToo, assez révolutionnaire pour un pays comme l'Argentine, mais on voit bien que le réalisateur, lui, n'a pas dépassé un certain stade. Il ne loupe pas un cadrage pour mettre en valeur le postérieur ou le décolleté d'Alma. Sur la Toile, le nombre de théoriciens de la série est impressionnant. Chacun y va de son avis, cherche une filiation avec d'autres succès récents, la couleur du costume d'Alma dans l'épisode trois serait un hommage à la cape rouge portée par les servantes de *The Handmaid's Tale*, sa chevelure évoque à certains la sorcière de *Game of Thrones*, d'autres épisodes font réapparaître Robin Wright sous les traits de la brune latino avocate inflexible. C'est sûrement vrai. Je soupçonne les créateurs de *Diosa* d'avoir fait un grand mix des succès de la dernière décennie, se voulant engagés, mais ne sachant pas précisément en quoi, un engagement sauce *chimichurri*[1]. Alma suscite évidemment le plus de commentaires. Rien ne m'énerve

1. Condiment à base de piment, originaire d'Argentine et d'Uruguay.

tant que les sexistes qui passent sous silence son jeu pour se concentrer sur sa plastique. Pour être honnête, tous les commentaires sur Alma m'énervent. Ceux qui la découvrent sont des ignares, ceux qui n'accrochent pas à la série n'ont rien compris, ceux qui l'adorent m'agacent. Sa biographie fait l'objet de mini-vidéos virales sur les réseaux sociaux. Alma Arenales, vingt-cinq ans, est née le jour de la sainte Félicité dans le quartier populaire de La Boca. Célibataire, elle confie aux journalistes « rêver de devenir maman », « croire au grand amour », « aimer ce métier au cœur de l'humain », avec une conviction telle qu'on lui pardonne ce ramassis de clichés et qu'on oublie sa collection de relations amoureuses. De son enfance, on devine plus qu'on ne sait : Alma parle avec retenue du délabrement de la maison où elle a grandi, sa pudeur fait transparaître la pauvreté sans la nommer. Elle insiste davantage sur sa détermination pour en sortir, décrit le casting sauvage dans la rue comme un projecteur braqué sur elle depuis le ciel, s'attarde sur sa rencontre avec le réalisateur de *Diosa*. Dans son discours aux Golden Globes, la sphère dorée du prix au creux de son bras comme on tiendrait la tête d'un nouveau-né, celle qui n'était un an plus tôt qu'une inconnue issue de la classe populaire argentine fit pleurer nombre de téléspectateurs à travers le monde en citant les prénoms de ses frères et sœurs, remerciant sa famille modeste pour son soutien sans faille, entre deux sanglots dignement réprimés. Des millions de vues et quelques mois plus tard, ce bref discours reste un modèle de storytelling. Je tente parfois de le doubler, je l'avoue, pour voir quel effet cela me ferait de recevoir une telle récompense. Je ne peux pas le décrire. Je ne parviens jamais à terminer l'extrait sans pleurer à chaudes larmes. Il y a encore quelques mois, mon discours aux Golden Globes aurait été bien moins télégénique. *Je tiens à remercier mes parents, à qui je dois l'envie de monter sur scène pour me réfugier dans d'autres peaux, l'envie de m'exprimer dans un espace où cela n'est pas dangereux mais requis, de rejoindre une famille de comédiens pour qu'ensemble notre puzzle de failles et de ferveurs défende un texte et le transmette à d'autres, dans une course de relais infinie. Merci, Maman, de m'avoir montré tant de facettes de ta personnalité, tant de pulsions et d'excentricité pour alimenter mon imaginaire. Merci de m'avoir pétrie de doutes quant à ma sécurité, ma raison et au bien-fondé de mon existence. Merci, Papa, pour ton silence complice mêlé de tendresse, il a fait de moi ton attachée à jamais, une dépendante à la frustration et à l'immobilisme, une tragédienne contemporaine. Je remercie également mon environnement privilégié, n'ayant manqué de rien, ayant eu accès à tout, y compris à la culpabilité de ne pas savoir être heureuse. Enfin, merci à Paul de m'avoir apporté pendant quelques années sa joie de vivre afin de me faire sentir avec plus d'acuité son absence.* Pas très *bankable*, terriblement geignard. Mais je ne ferais pas le même discours aujourd'hui. Depuis que j'incarne Alma, la donne a changé. Si je devais m'exprimer, je commencerais par la remercier. Elle, et Clément. Je le ferais monter sur scène, je lui dédierais ma vie-mon œuvre. Je veux lui gonfler le cœur de fierté, et pas parce que je double un de ses dessins animés préférés. Pour qu'il soit fier de lui, puisqu'il vient de moi.

« Il te va vraiment très bien ce jean ;) »

Mon portable allongé sur la table basse s'allume en pleine diffusion de l'épisode quatre pour afficher ce message stupide (Vincent sait bien que je sais bien qu'il sait bien qu'il parle d'Alma Arenales et non de moi). Lui aussi, il a beau avoir disséqué et mangé cette série par petits morceaux de boucles pendant des semaines, il est comme un gosse le matin de Noël chaque lundi et tient à voir l'épisode d'une traite sur petit écran, en version française. Parfois je me demande ce que Vincent a en tête. Il doit être en manque.

« Dispo pour un café la *proxima semana*[1] ? »

C'est bien ce que je craignais. Vincent m'entend dans ce jean qui se balade devant lui à la télé et dégaine le texto de trop. J'aurais

1. « La semaine prochaine ».

dû répondre au premier par une blague dissuasive. Le pauvre, ça me fait de la peine. Vincent est un type bien.

« Mardi, *que opinas*[1] ? »

Je n'ai pas Clément mardi. Et je suis en manque, moi aussi.

1. « Qu'en penses-tu ? »

Paris, 22 mai 1978

Claire est adorable. Après dix heures d'un travail exténuant, donner naissance à un poupon aussi parfaitement dessiné a de quoi émerveiller. Dans le lit aux draps blancs et rêches de la maternité, le corps défait et l'esprit ouaté, Sylvie ne se lasse pas de contempler les longs cils recourbés à la finesse inouïe, les ongles microscopiques mais comme manucurés, les attaches délicates, la tête arrondie qu'encadre un duvet soyeux, les lèvres rosées et charnues qui semblent réclamer sans cesse, la peau à l'odeur magnétique, les paupières closes dans un abandon total de nourrisson. Elle tient dans ses bras sa poupée fragile, dont l'innocente beauté la foudroie autant qu'elle la terrifie. Voilà la chair de sa chair, vierge de tout, sa fille parfaite et vulnérable offerte en pâture. Une goutte tombe lourdement sur la joue de l'enfant, dessinant un trait d'argent sur sa peau veloutée. Sa mère pleure. Elle sait qu'elle ne pourra que l'abîmer. Entre deux hoquets, elle lui confie combien elle est désolée, serre fort l'enfant dans ses bras. Trop fort peut-être ? Elle ne sait pas doser. Elle n'a jamais su. Comment a-t-elle pu penser qu'elle serait prête, qu'elle en serait capable, que son passé ne lui reviendrait pas toujours en pleine face, qu'elle pourrait aimer sans faire mal, qu'elle aurait le droit d'être aimée ? Elle ne préviendra pas ses parents tout de suite. Elle fera du mieux qu'elle pourra. Elle aurait aimé avoir plus de temps pour elle seule, avant d'être multiple. Elle regrette. Elle renonce à faire des promesses qu'elle ne tiendra pas. Claire dort si paisiblement. Il lui semble plus facile de la caresser lorsqu'elle ne croise pas le noir insondable de ses yeux de nourrisson. Un regard qui lui renvoie toute sa responsabilité à venir et lui intime d'être à la hauteur. Elle se sent écrasée par les trois petits kilos de sa fille, affolée par sa future croissance. S'en veut d'avoir de telles pensées. Craint que le nourrisson si sérieux aux billes noires ne comprenne tout, ne sache déjà tout. Les enfants sont des éponges, paraît-il. Veut s'excuser, vite. En se penchant sur l'enfant pour l'embrasser dans un élan trop vif, Sylvie heurte la pommette de la petite qui se réveille en criant. Leur tout premier malentendu.

Alma met à jour ses *stories* à l'heure à laquelle je prépare habituellement le dîner de Clément. Il ne supporte pas de voir les pastilles qui s'affichent sur mon téléphone et me divertissent de son très lent coup de fourchette, j'ai donc pris la résolution de ne regarder les comptes Facebook et Insta d'Alma qu'une fois dans la journée, juste avant de me coucher. Je ne like pas, je n'appuie pas sur le petit cœur, je ne commente pas, je ne fais que regarder. Si je franchissais cette limite, il me semble qu'Alma et moi serions deux personnes totalement distinctes et que notre lien serait banalisé, me reléguant au rang de simple fan, de spectatrice. J'imagine qu'elle n'est pas seule pour gérer ses réseaux sociaux et qu'elle a autre chose à faire, mais je n'ai pas envie que, pour quelque raison que ce soit, Alma apprenne que sa doubleuse française la suit parmi cette foule d'anonymes. Tous les soirs, mes pouces avalent ses posts, mes yeux prennent une giclée de paillettes et de sourires ultrabright avant de sombrer dans un sommeil en Technicolor. Je me réveille avec une légère amertume en arrière-goût, que je noie dans un bon gros mug de café avant de déposer Clément à l'école.

Vincent m'a mise sur une audition pour *Anna Karénine*. Belle production, joli et renommé théâtre, conditions très supérieures à la moyenne, inactivité sur scène depuis plus de deux ans, j'avais tout pour stresser et aller droit dans le mur. Pendant le silence qui a précédé mon passage devant le metteur en scène, je n'ai pas ressassé mon texte une énième fois dans ma tête, mais j'ai pensé à l'engagement de l'avocate que je double, au jeu droit et direct d'Alma, à la confiance dans ses yeux, et je n'ai ressenti que du lâcher-prise. J'ai décroché le rôle. Avant, rien ne m'énervait tant que ceux qui sous-entendaient que j'avais raté telle ou telle audition parce que je la voulais trop, mais ils voyaient juste. Il me fallait prendre du recul pour mieux avancer, me détacher de mes rêves pour en inspirer d'autres. Les premières répétitions démarrent le trimestre prochain, je vois la roue se dégripper et tourner en ma faveur, j'accompagne son mouvement. Même Paul a noté mes efforts vestimentaires lorsque nous nous échangeons Clément, mes habits sont plus proches de ma peau, je n'hésite plus à prendre une baby-sitter de temps en temps ni à revoir Vincent, bien meilleur au lit qu'en espagnol. Dans chaque pièce de l'appartement, j'ai repeint un mur avec une couleur vive, laissant Clément choisir celle de sa chambre, sans broncher en le voyant désigner le pot jaune fluo. J'ai même acheté une plante. Le long hiver dernier, celui du deuil et de ma nouvelle solitude, semble avoir cédé la place à un quotidien plus enclin à la joie, le présent et ses surprises ont pris le dessus sur le passé et ses souffrances. Ce n'était pas si difficile, finalement. Ce n'était pas inatteignable. Il me semblait qu'aller mieux me demanderait des efforts surhumains, que c'était réservé aux autres, à ceux que je côtoyais comme une morte-vivante échappée des limbes. C'est bien le même air que je respire, les mêmes obligations qui me tiennent, les mêmes pensées délétères encore, parfois. Mais le filtre devant mes yeux a changé. Comme si mon pare-brise avait été nettoyé, libérant des espaces de ciel bleu et laissant le soleil me réchauffer le visage à travers la vitre. Le visage, et le corps. Le grand absent de ces derniers mois joue au retour du fils prodigue. Je le redécouvre comme une adolescente se regarderait nue dans le miroir de sa salle de bains pour en faire l'inventaire.

Clément aussi a changé. Samedi dernier, lorsqu'il est venu dans mon lit selon le rituel immuable, il a trouvé la place occupée. Un *ami fatigué*, lui ai-je dit, étonnée et confuse de ne pas ressentir de gêne à son égard. Lui, d'habitude si possessif avec moi, a simplement filé dans sa chambre en bredouillant un *pardon*. J'en ai eu le cœur pincé, j'ai guetté ses réactions toute la journée après le départ de l'ami *qui allait mieux*, mais il n'a rien laissé paraître de particulier. Je crois juste que Clément a mûri.

Il a regardé *Diosa*. Un peu – l'avantage, c'est que je connais suffisamment le scénario pour appuyer sur le bouton « pause » au moment opportun et l'envoyer au lit. La première fois, il est resté bouche bée d'entendre ma voix sortir du corps d'une autre femme. Son regard a fait des va-et-vient entre l'écran et moi, interloqué. Il a ri, a pointé Alma du doigt et m'a dit : *Mais c'est toi, là !* Puis il est devenu songeur et m'a dit qu'il préférait quand je faisais la licorne. Je lui ai répondu que quand je faisais la licorne, je trafiquais ma voix. Il m'a dit que c'était ça qui était drôle, justement, et que ma vraie voix, elle devait rester rien qu'à moi.

Paris, 1984

L'histoire du soir est un rituel auquel elle ne pourrait déroger. Chaque coucher est précédé de ce moment incompressible pendant lequel Sylvie, assise sur le lit, adossée au mur, tient Claire dans ses bras et le livre choisi entre ses mains. Une sorte de poupée russe en trois morceaux, Maman Ours entoure Petit Ours qui entoure le livre.

Les yeux de l'adulte parcourent les lettres, ceux de l'enfant s'attardent sur les illustrations qui semblent s'animer au gré des effets de la conteuse. Dans cette position, Sylvie ne voit pas Claire, ni ses joues encore pleines de l'enfance, ni ses traits déjà embarqués vers la version adulte d'elle-même. Sylvie peut encore étreindre ce corps d'enfant, mais les jambes sont plus longues, la tête dépasse, les coudes gênent, les mains ne sont plus potelées comme celles d'un tout-petit.

Claire adore la façon dont sa mère raconte les histoires. Elle use de voix différentes pour chaque personnage, projette comme si elle s'adressait à une assemblée d'enfants, alors que Claire est l'unique spectatrice de ces instants suspendus.

Lorsque Sylvie raconte, Claire jurerait qu'elle n'est pas fille unique.

Alors que Claire grandit, Sylvie se dit qu'elle ne pourra plus la protéger encore très longtemps.

— Je veux pas y aller, le karaté c'est trop nul !

Clément claque la porte de sa chambre avec toute la force dont il est capable. Je sais bien qu'il n'y a rien de personnel là-dedans, que tous les enfants contestent, que c'est leur rôle. Que c'est mieux ainsi. Ai-je contesté, moi, quand Maman m'obligeait à suivre des cours de danse classique, alors que mon embonpoint me valait les moqueries de mes gracieuses petites camarades en tutu rose ? Je n'en aurais même pas eu l'idée. Contester Maman ! Je n'ai jamais été foutue de le faire de son vivant. La fuite n'est pas une contestation.

— Bon, d'accord... concède la petite voix au fond du couloir, mais alors on passe à la boulangerie.

Soumis, mais négociateur : ça, au moins, il ne le tient pas de moi.

C'est important qu'il aille au karaté aujourd'hui. J'ai pris rendez-vous, je tiens aux symboles et je veux marquer le coup. Voilà un an que je suis devenue officiellement la voix française d'Alma Arenales. Un an que je suis heureuse. Cela vaut bien un petit cadeau tatoué sur la peau.

Allongée sur le ventre dans le fauteuil incliné en similicuir, je me surprends à aimer l'odeur de chair brûlée qui se dégage de mon dos. J'avais sous-estimé la douleur et me contorsionne. L'injection d'encre noire prend forme. En écrasant son mégot d'un coup de Dr. Martens, le tatoueur m'a demandé ce que je voulais, et en guise de réponse je lui ai tendu un agrandissement d'une photo d'Alma, de dos. On y voit assez nettement une petite matriochka aux joues rouges sur son omoplate gauche. La radio crache ses minutes de publicité, toutes à la sauce du mondial de foot. Ce soir, je vais me repasser les derniers épisodes de la dernière saison de *Diosa* pour me remettre dans le bain avant le retour en studio : demain débute le doublage de la nouvelle saison. Peut-être que Clément se relèvera de son lit et que je l'autoriserai à regarder quelques minutes de la série. Il sera content, et moi, fière. Après tout, demain après l'école, il ira chez son père pour la fin de la semaine, tant pis s'il finit la journée crevé, je n'aurai pas à gérer. Une séparation à l'amiable n'empêche pas quelques coups bas, et Paul n'est pas en reste depuis quelque temps. Il n'a pas l'air d'apprécier pleinement ma nouvelle vie. Selon lui, je ne devrais pas laisser Clément aussi souvent à des baby-sitters, et je ne devrais pas ramener d'hommes à la maison si ce n'est pas *vraiment sérieux*. Paul s'improvise nouvelle maman en somme, c'en est presque touchant. Je crois que sa copine l'a largué. La roue tourne.

L'aiguille quitte la peau, la douleur m'irradie. Dans un jeu de miroirs, je découvre ma nouvelle omoplate. Une petite matriochka aux joues rouges me sourit, elle est identique à celle d'Alma. Doublure parfaite. Une légère odeur de brûlé plane encore, il ne manque que la bougie : joyeux anniversaire, moi.

Paris, le 22 mai 1985

Deux heures, ce n'est pas la mer à boire. Sylvie se répète cette phrase depuis son réveil tel un mantra pour endiguer sa nervosité grandissante. *Cinq filles de sept ans à gérer pendant deux heures, je peux le faire*, se rassure-t-elle en tirant de longues bouffées sur sa Camel. Son visage est crispé, ses yeux fixent un point au-dessus du cendrier. Sylvie répond par un sourire de façade aux questions de Claire sur les préparatifs, elle ne veut pas ternir sa fête, elle aimerait, mais elle ne peut pas partager sa joie.

C'est passé vite finalement. Sept ans d'angoisse et de doutes continuels, à dresser l'oreille au moindre bruit inhabituel, à se réveiller en sursaut la nuit pour vérifier qu'elle respire, à aplanir les angles, à intégrer de nouveaux réflexes de précaution, à frémir à chaque poussée de fièvre, à redouter chaque nouvelle fréquentation, à craindre ses propres gestes. Sept ans sans jamais baisser la garde. Les loups sont nombreux, les faits divers éloquents, la vie cruelle. Il suffit d'un instant, Sylvie ne le sait que trop.

Il y a sept ans, à la maternité, elle tremblait d'une peur sans visage et sans nom. Elle en a revêtu de multiples à mesure que Claire grandissait. Tant de visages et de noms griffonnés sur la page de l'enfance comme autant de pièges à contourner, de risques à réduire, de personnes à éviter, d'idées à retarder, qu'aujourd'hui la page est pleine et illisible et que Sylvie doit la tourner. Cela s'arrête aujourd'hui. Elle le sait, car elle l'a vécu, à sept ans, on n'est plus un enfant. On n'est plus innocent.

Claire a passé une bonne partie de la matinée à s'époumoner dans des ballons de baudruche aux couleurs vives avec son père, et à ranger sa chambre consciencieusement. Maintenant, elle attend et s'est rendue au silence de sa mère, allongée à ses côtés, sur le canapé du salon.

Claire se demande si elle est différente aujourd'hui, si elle a un peu grandi dans la nuit, elle trouve que sa robe la serre un peu plus qu'à Pâques.

Sylvie regarde sa fille. Des traits fins et secs ont pris la place des joues et du nez attendrissants, son corps a poussé dans toutes les directions d'un coup, ses genoux cagneux débordent de sa robe aux fleurs hypocrites et aux smocks ridicules. Elle ne fait plus partie des plus fragiles. Elle est passée de l'autre côté.

La sonnette retentit. Sylvie découvre successivement quatre fillettes qu'elle trouve gigantesques. À chaque fois, elle s'entend rappeler avec insistance aux parents accompagnateurs l'heure de fin des festivités avant de refermer la porte. Elle n'a rien fait depuis ce matin, mais elle se sent épuisée. Elle pressent que tous ses efforts parviennent à leur dernière extrémité, qu'elle n'arrivera plus à prendre sur elle, que l'écume d'une folie douce lui caresse le bout des pieds, un contact rafraîchissant avec ses orteils qui lui donne envie de s'immerger totalement, de basculer, de se laisser ballotter par les vagues. Assise sur le canapé, concentrée sur le cendrier comme sur un repère de navigation, Sylvie sent la marée monter en elle comme le danger. La vue des fillettes aux yeux remplis d'excitation est un bout de verre que le temps n'est pas parvenu à polir, ramené sur le rivage de sa mémoire. Une provocation. Elle entend des éclats de rire au bout du couloir. Sylvie fume en espérant que les filles joueront sagement dans la chambre et qu'elle n'aura pas à intervenir avant le gâteau et le retour des géniteurs. Elle ne sait s'il s'est écoulé une poignée de minutes ou bien une heure lorsque les décibels la sortent brusquement de sa torpeur. Le bruit, toujours le bruit.

Lorsqu'elle déboule dans la chambre de Claire au milieu des cris suraigus qui lui brûlent le cerveau, Sylvie constate le chantier. Elle exècre les hurlements stridents, la brutalité, la sauvagerie de ces petites connes trop gâtées qui ne savent pas où elles ont mal et qui la dégoûtent. Elle ne cherche pas à savoir qui a fait quoi, elles sont toutes semblables, elles lui ressemblent. Le coup part, il a suffi d'un instant.

Sylvie ne se souvient pas d'avoir frappé Claire. Pourtant, elle lit bien la stupéfaction dans les yeux brillants d'indignation de sa fille à terre, entend son souffle coupé, perçoit la chaleur dans la paume de sa main à elle. Au lieu de s'en inquiéter, elle constate à quel point cet accès de violence l'a soulagée, réalise qu'elle vient de découvrir un exutoire dont elle ne pourra plus se passer. Philippe a étendu son bras en travers de sa taille en guise de barrière, elle ne sait pas bien qui il cherche à protéger. Tous la dévisagent, les invitées sont statufiées. Le silence s'est abattu comme une chape de plomb sur la chambre à coucher, on n'entend plus que le murmure de la guirlande multicolore qui vacille. Sylvie relève Claire, rajuste sa robe à smocks, la fait tourner sur elle-même et déclare qu'il faudrait danser, que cela manque de musique. Philippe propose de passer au gâteau.

Ça m'avait manqué. Cela ne fait que quelques mois que je n'y suis pas allée et le trajet en métro n'a rien de folichon, mais c'est déjà une petite madeleine de Proust, c'est un peu comme emprunter les chemins qui vont à la mer. La joie du retour au bercail dans le ventre, je pousse la grille du studio pour le doublage de la nouvelle saison. La sécurité a été renforcée à l'accueil, il faut maintenant flasher un code envoyé par la production pour montrer patte blanche. Fini le temps où l'on pouvait encore venir à l'improviste pour tenter d'assister à un doublage et de se faire repérer par un directeur artistique, les secrets gardés ici sont devenus trop précieux. J'ai le sésame sur mon portable et la fille de l'accueil m'offre son plus grand sourire, même l'ingé son sort de son habituelle discrétion pour m'embrasser. Impossible de ne pas repenser à mes débuts ici. Je me revois faire profil bas, comme délavée, engoncée dans un manteau de tristesse brute. Aujourd'hui, plus de manteau. Sous mon tee-shirt blanc, la matriochka se rappelle à moi comme une empreinte encore fraîche. Je pense à elle. Alma vient de débuter le tournage d'un long métrage sur le combat mené par Estela de Carlotto[1] pour retrouver son petit-fils né en détention pendant la dictature, elle l'incarne dans la première partie de sa vie, ce rôle va lui aller comme un gant et lui permettre de confirmer son talent en tant qu'actrice de cinéma, pas seulement de séries. J'espère en faire le doublage dans quelques mois. Depuis qu'elle a raflé statuette sur statuette, Alma s'exporte aux États-Unis, où elle a d'autres projets d'envergure sur le feu, notamment un très attendu biopic sur Evita Perón, et tout cela commence presque à m'inquiéter, j'espère que la chaîne ne voudra pas placer une autre voix que la mienne pour les prochains

1. Présidente de l'association des Grands-Mères de la place de Mai, dont le but est de retrouver la véritable identité des enfants volés pendant la dictature militaire argentine. La fille d'Estela de Carlotto fut enlevée en 1977 alors qu'elle était enceinte, et accoucha en prison, deux mois avant d'être exécutée. Entre 1976 et 1983, 30 000 personnes ont ainsi « disparu » et 500 bébés ont été dérobés à leur famille, donnés à des militaires ou à des policiers proches du régime, mais aussi parfois à des gens ignorant tout des origines de l'enfant qui leur était confié. En 2014, après trente-six ans de recherche, Estela de Carlotto a rencontré son petit-fils, le 114e enfant retrouvé par l'association.

doublages. Quoi qu'il en soit, aujourd'hui nous jouons toutes les deux à onze mille kilomètres de distance, et même si je suis la seule à en avoir conscience, cela n'entame pas ma bonne humeur.

Vincent débarque, visiblement content de retrouver notre trio pour cette nouvelle saison tant attendue par le commun des mortels. Nous sommes les initiés, les voyeurs, les sachants, les privilégiés, nous ne pouvons rien révéler, nous levons la main et le jurons par contrat, rien de rien. Quand il me demande si je suis prête, je suis aussi excitée qu'un enfant sur le point d'ouvrir le nouveau tome de sa BD préférée ou qu'un junkie enfonçant le piston de sa seringue. Les images défilent et me voilà happée.

Dans ce premier épisode, Alma prend sous son aile un mineur accusé de meurtre. Quelques codes ont évolué, l'actrice arbore un look plus recherché, le succès de la saison précédente se fait sentir. Elle est toujours aussi captivante. La grâce de ses gestes et la force de son jeu me plaquent de nouveau dans la confortable position de spectatrice, je tente de m'en arracher en me tenant à la barre et en piétinant sur le marchepied, il faut que je réactive mon corps pour trouver l'énergie du sien, que je sollicite le meilleur de moi pour atteindre son niveau. Découvrir ces nouvelles images d'elle me fait le même effet qu'un shoot d'adrénaline et je me demande bien comment j'ai fait pour tenir ces derniers mois avec seulement le souvenir des anciens épisodes. À la fin de la séquence disséquée aujourd'hui, Alma a les yeux particulièrement humides en consolant un jeune délinquant dans une étreinte quasi maternelle. À ce moment précis, sa sincérité est poignante. Elle aurait facilement pu tomber dans un excès de sentimentalisme, mais n'y cède pas comme elle a parfois pu le faire auparavant. Cela confirme mon impression latente depuis le début de cette séance. Alma semble plus insaisissable qu'avant. C'est son regard qui a changé, ce n'est presque rien.

*

* *

C'est un mail de Google Alertes qui cloue le bec à mon insouciance, brutalement, comme un coffre de voiture rabattu sur les doigts d'un vacancier sur le départ. Le filtre « Alma Arenales » que j'ai paramétré ne m'annonce pas le nom de son nouveau petit ami ou sa récente apparition au festival de Mar del Plata.

« *Alma Arenales abandona el rodaje de su nueva película tras su intento de suicidio*[1] ».

1. « Alma Arenales abandonne le tournage de son nouveau film après sa tentative de suicide ».

Je lis et relis l'article, vérifie la source, constate que l'agent d'Alma, Alejandra Vasquez, a fait une déclaration il y a une heure. *Je t'avais bien dit que cela n'allait pas durer,* voilà ce qu'aurait dit Maman. Pourquoi se rappelle-t-elle toujours à moi lorsque je bascule ? Mes dix doigts cherchent frénétiquement des informations en ligne sur l'état de santé d'Alma et ne trouvent pas grand-chose sur les forums qui débordent de messages gluants de compassion et d'émoticônes. Juste le nom de la clinique où Alma se trouve actuellement à Buenos Aires. J'en tremble, je n'entends plus Clément qui me réclame au bout du couloir, plus rien n'a d'importance.

Le lendemain au studio, l'équipe ne parle que de cela, mais surtout de contrats, de dates et autres conséquences administratives. Le buzz est tel que le planning de doublage est revu afin d'avancer au maximum la sortie de la version française. Je suis en sursis, mes perspectives s'effondrent. Des causes du geste commis par Alma, personne ne sait rien, tout le monde s'en fout, tant que la série peut continuer sans elle. Je ne vois pas comment, les pronostics vont bon train. Vincent me confie qu'il est désolé, on me regarde comme si je venais de nouveau de perdre ma mère.

Je suis le rythme imposé, l'heure n'est plus au perfectionnisme. Les boucles s'enchaînent pour terminer le doublage de cette saison en un temps record. Au fur et à mesure que les séquences défilent, les images dévoilent une Alma au regard de plus en plus préoccupé, absent. L'actrice donne le change, mais le cœur n'y est plus. Un air que je ne connais que trop bien, comme si Alma s'était glissée dans la peau de l'ancienne Claire, que notre jeu des doubles s'était inversé pour cette nouvelle saison. Un frisson me parcourt à cette pensée. Pourtant, Vincent déclare que c'est dingue, qu'on n'aurait vraiment pas pu prévoir qu'elle allait faire un truc pareil. Moi, si.

Dans le métro qui me ramène à la maison, à la fin du dernier jour de doublage du dernier épisode de cette probable dernière saison, je suis exsangue. L'abondance d'images avalées en si peu de temps m'a rendue livide. Le regard décoloré d'Alma ne me quitte pas. J'ai mal au ventre, je suis lasse et rate ma station. Je suis en retard pour récupérer Clément qui attend, penaud, assis sur le banc dans l'entrée de son école, les pieds ballants dans le vide. Comme la dame de l'accueil à ses côtés, il attend qu'un adulte responsable vienne le chercher, au lieu de quoi c'est une mère essoufflée et abattue qui débarque. Je me couche à la même heure que lui.

La nuit, je rêve que je suis sur scène en train de jouer Anna Karénine dans le théâtre à l'italienne qui doit accueillir la pièce dans quelques mois. Je rêve que Maman est dans le public, fière, assise au milieu du troisième rang à côté d'Alma, qui me souffle le texte. Je lis sur ses lèvres et déclame ma partie avec une intensité surjouée qui me ferait rire en temps normal, mais que je trouve parfaitement adaptée à ce moment-là. C'est un long monologue, autour de moi mes partenaires de jeu me réservent leur écoute la plus attentive, je sens les feux de la rampe empourprer mon visage, je sais que cela souligne le caractère dramatique de mon texte et en joue. J'aperçois entre les pendrillons, à jardin, le metteur en scène qui me sourit. Je fais du bon boulot, je le sais et suis tentée d'en rajouter, puis me ravise, me disant que si j'ai conscience d'être bonne c'est que je ne le suis pas, que je reste une comédienne et non Anna Karénine. À ce moment précis, je cherche les lèvres d'Alma pour déclamer la suite de mon texte. Le fauteuil en velours rouge est vide. Mes yeux balaient le rang à la hâte, anticipant une catastrophe. Maman est toujours là, mais sa fierté se mue en dédain. La salle est remplie d'inconnus, mais plus d'Alma, seul ce fauteuil rouge sang me rappelle son absence et mon silence en pleine tirade. Le blanc s'éternise, je suis dénuée de tout verbe, je ne suis plus rien. Je ne peux pas y arriver sans Alma. Elle a disparu, et avec elle ma confiance, mes projets, ma voix. Les projecteurs me brûlent, je me réveille en sueur entre les lambeaux de ce mauvais rêve. Il fait encore nuit, je tente de le dissiper et de me rendormir. En me raisonnant, certaines sensations désagréables finissent par s'éloigner comme la déception de Maman et le sentiment d'humiliation sur scène. Ce n'était qu'un rêve. Mais la perte d'Alma et de tout le reste demeure. Après avoir réfléchi au clair de lune à ce que je pourrais bien faire pour tordre le cours des choses, je me dirige vers le salon et allume mon ordinateur. Je passe une heure à lire tous les articles récents qui concernent Alma, j'écoute des podcasts de radios argentines, j'envoie des mails. Je n'ai pas d'autre option. Quand on a perdu quelque chose, il faut aller le chercher.

Le lendemain, je détiens l'information. Je sais où se trouve Alma Arenales. L'assistant de son agent a répondu à mon appel, il a suffi que je me fasse passer pour la productrice française associée à la diffusion de la série et de prétexter un envoi de script urgent à l'attention de l'actrice. Trop jeune, et probablement trop content de pouvoir rendre service en l'absence de sa chef, l'assistant précise qu'Alma rentrera de Jericoacoara à la fin de la semaine suivante. J'ai égrené ces douze lettres sur mon clavier, vu apparaître des cartes postales de couchers de soleil orangés et de lagunes turquoise, et une carte. Google précise que « Jericoacoara est une ville balnéaire de l'État de Ceará, à l'est du Brésil, connue pour sa grande plage ». Cela colle avec une déclaration d'Alejandra

Vasquez trouvée la veille, mentionnant la convalescence d'Alma à l'étranger. Le plus simple pour s'y rendre est de prendre un vol jusqu'à Fortaleza, puis de longer la côte. J'ai tout en main pour agir, mais je suis bloquée. C'est une folie. C'est ce que dira Paul. Je me demande ce que ferait la *Diosa* à ma place. La *Diosa* ne lâcherait rien, elle remuerait ciel et terre pour retrouver Alma. Il en sera donc ainsi. Toute folie devient sagesse dès lors qu'une décision est prise, je réserve les billets d'avion avec une sérénité qui m'étonne moi-même. Clément et moi partons au Brésil dans deux jours.

Il ne reste qu'à remettre la main sur nos passeports, je n'ai pas voyagé à l'étranger depuis des années et espère que le mien est encore valide, je croise les doigts pour que celui de Clément ne soit pas chez Paul. Je retourne les chemises en carton qui contiennent les papiers administratifs et les photos d'identité, en vain, et étends la zone de recherche à mon placard. Les couvertures bordeaux apparaissent enfin sous la boîte en carton récupérée dans l'appartement de Maman. Ce n'est pas le moment de l'ouvrir, mais ma main en fait tomber le couvercle. Je pose la boîte et les passeports par terre. Une enveloppe attire mon attention, coincée entre des volumes plus épais. Je ne l'avais pas remarquée en jaugeant le contenu de la boîte le jour du grand nettoyage, je la sors et découvre l'inscription manuscrite. *À REMETTRE À CLÉMENT LE JOUR DE SES QUATORZE ANS.* Les traits au Bic bleu sont énergiques, les barres des T des petits coups de fouet, c'est l'écriture de Sylvie. C'est bien Maman ça, d'imaginer que je pourrais attendre tranquillement pendant des années avant d'en connaître le contenu. Je décachette, et déplie les feuillets recouverts de vagues bleues.

Mon Clément,

Avant de partir, je voudrais te confier quelque chose. Je ne veux pas emporter ce quelque chose avec moi. Je ne sais pas si tu liras cette lettre après tes quatorze ans, j'ai pensé qu'à cet âge tu serais assez grand pour me comprendre, mais pas encore assez pour que ce soit trop tard. Mon Clément, que retient-on d'une vie ? Quels souvenirs laisserai-je ? Quel tri effectuera ta mémoire lorsque tu penseras à ta grand-mère ? Je te confie ce qui reste de la mienne, avec toute l'affection que je te porte et que je n'ai jamais su assez bien montrer.

Tu as presque sept ans, âge qui m'a toujours fait frémir.

Je n'ai que très peu de souvenirs d'avant mes sept ans. Des impressions fugaces, des images suggérées par des photos collées dans des albums à la maison, mais rien de tangible. On dit que les gens heureux n'ont pas d'histoire. Si tu ajoutes à cela le fait que j'étais enfant, tu comprendras que ces sept premières années forment pour moi comme un halo lumineux inaccessible. C'est comme si ma conscience s'était éveillée simultanément avec le drame. Je ne connais pas la petite fille d'avant. Je l'imagine seulement et lui prête mille aventures. Je la vois courir dans le pré qui n'était séparé du jardin que par une simple barrière en bois, alors que sa mère sortait sur le perron dallé pour lui dire de rentrer ; je la vois repousser les clôtures pour trouver de quoi enrichir son herbier, profiter du potentiel infini de cachettes pour qu'on la cherche, qu'on finisse par s'inquiéter, tu n'as pas vu Sylvie ? *et se rendre seulement lorsque les inflexions de voix de ses parents se faisaient dangereusement tendues. Alors on l'embrassait ou on lui collait une gifle ou les deux à la fois, peu importe, la seule chose qui comptait pour elle était de vérifier leur amour, leur amour pour moi. Je jouais beaucoup dehors, je ne tenais pas en place, j'étais une gamine franche et dégourdie, je crois. Aujourd'hui encore, j'associe tout paysage de campagne à mon enfance. Un pré, un champ, une maison en pierre, et me voilà happée. Dire qu'on me croit parisienne ! J'aurai toujours le goût d'une tige d'herbe mâchonnée dans la bouche malgré mes efforts pour me fondre dans la masse.*

Voyons si les mots parviennent à décrire ce que je porte depuis mes sept ans. Alors j'y vais, j'enfonce mes mains dans l'humus des souvenirs qui brûlent ma mémoire. Je ne les déterrerai qu'une fois, puisses-tu les accueillir avec mansuétude.

Il faudrait revoir l'innocence d'un petit bonhomme de deux ans, si fier de commencer à mettre un pied devant l'autre et d'explorer enfin son territoire. Il faudrait faire résonner son timbre de voix, le sien, le seul et l'unique, parmi la grande famille des voix d'enfants aussi aiguës qu'attendrissantes, celles qui vous rappellent que l'homme naît bon. La tienne, mon Clément, m'accompagne pendant ce dernier voyage comme un bonbon collé au fond de ma poche.

Il faudrait se souvenir de ses tentatives pour parler notre langue, qui s'achevaient en colère, frustré qu'il était de ne pas s'être fait comprendre, ou en éclats de rire devant l'absurdité de la tâche. Il faudrait retrouver l'odeur addictive de ses cheveux, son front parfait, la sagesse millénaire que paraissent dégager ces minuscules êtres humains et qui force l'humilité, la pureté et la vulnérabilité mêlées, la grâce avant que l'on ne grandisse.

Il faudrait entendre son souffle aussi, il respirait souvent par la bouche pour cause de rhumes, les yeux en forme de billes, émerveillés de voir l'air se matérialiser dans le froid du dehors. Ces yeux qui cherchaient constamment son alter ego, celle qui était depuis toujours auprès de lui, au même titre que son père ou sa mère, mais dans le même camp que lui, son modèle, son point de repère, son amusement et son souffre-douleur consentant, celle qui n'en ratait pas une pour faire l'idiote, pour lui arracher un rire nerveux de bébé qui ne sait pas pourquoi il rit, celle qui avait de l'enfance l'intrépidité et sûrement aussi l'inconséquence, sa grande sœur.

Jean aura toujours deux ans. Il en aurait plus de cinquante aujourd'hui, et une vie bien remplie. Laquelle ? Toujours à Jonzac peut-être ? Instituteur comme Maman ou garagiste comme Papa ? Marié, deux ou trois enfants, des chiens, s'il est à la campagne bien sûr. Ou bien sa propre voie, qui sait ce qu'il aurait choisi, je lui prête des costumes comme on habille une poupée mannequin, je le déguise en pompier, en blouse blanche, en complet gris, avec les accessoires requis. Seul son visage ne change pas, la même bouille d'enfant de deux ans tout en joues, et ça ne colle jamais, évidemment. Jean aurait eu une vie faite d'ombres aussi, avec ses mensonges, ses trahisons, ses compromis, son lot de mauvaises pensées. Mais non. Jean sera éternellement pur, intouchable.

Il faudrait aussi rappeler ces voix qu'on n'entendit plus jamais après : celles des parents s'adressant à leur tout-petit avec cette candeur qui semble stupide à ceux qui n'ont pas de descendance, cette douceur, ce miel, ce soleil dans la voix de Maman, son pouvoir rassurant, ces inflexions caressantes entièrement vouées à entrer en relation avec son petit enfant, à faire sourire son trésor.

Étais-je jalouse ? C'est une question à laquelle je n'arrive pas à répondre. Jean est né lorsque j'avais cinq ans, lorsque l'éducation se fait plus dirigiste, lorsque le caractère s'affirme, que le regard des parents se durcit, qu'on grandit par à-coups, qu'on ne maîtrise pas encore ses gestes. J'avais été surprise, je crois – mais il se peut bien que ma mémoire me joue des tours entre la tentation du déni et les effets du temps –, par l'arrivée d'un petit frère. Mais je suis convaincue de l'avoir toujours aimé. C'est odieux de l'écrire tant cet amour est évident. Je craignais probablement, raisonnablement devrais-je dire, que mes parents ne me délaissent, ne serait-ce que temporairement, pour se consacrer comme il se doit au tout-petit, et je devinais la fierté de Papa, enfin un fils. Vois comme je prends des pincettes pour expliquer mon état d'esprit, ou plutôt celui que je m'octroie. C'était bien un accident. Le bête, l'absurde, le cruel, l'impossible, le ridicule, l'irréel, le tragique accident. Celui qui crée un monde entre l'avant et l'après. Jean et moi sommes dehors, sur le perron qui longe la maison sur tout son flanc, à l'opposé de la porte d'entrée. Nous portons nos cagoules bleu marine qui nous grattent le front, Maman nous les a enfilées en insistant, la nuit vient de tomber, mais il n'est pas si tard, c'est l'hiver, je profite des derniers moments dans le froid pour sauter sur l'herbe depuis la margelle en pierre, je joue avec un élastique imaginaire aux pieds avant de rentrer au chaud et de tenter de rester tranquille à table, alors que je n'aime pas la soupe de légumes et ses fils dedans. Jean me regarde faire, évidemment. Mon petit pot de colle me suit à la trace. Il a sa démarche mal assurée, avec sa couche qui le gêne et l'équilibre naissant des premières semaines de marche. Il semble rebondir à chacun de ses pas, comme un astronaute sur la lune. Mais sans le casque. Maman nous appelle encore à table, cette fois-ci le volume est plus fort, elle n'est pas loin de s'énerver. Après, je n'analyse plus ce que j'ai fait, c'est arrivé. Je cours à toutes jambes vers la porte comme si je piquais un sprint (voulais-je lui montrer, à ce tout-petit, que moi, la grande, je pouvais courir très vite ?), je dépasse Jean, puis je me retourne vers lui, la pulpe de mes dix doigts entre en contact avec le velours côtelé de sa veste, au niveau de ses épaules toutes rondes, et c'est une vive impulsion transmise de mon cerveau à mes phalanges – pourquoi ? – qui le pousse en arrière. Ce geste est fait dans l'élan, je repars à toute vitesse vers la maison. Je suis déjà arrivée à la porte d'entrée quand j'entends le bruit sourd qui me fait me retourner une deuxième fois, intriguée, parce que je n'arrive pas à relier ce bruit, bref et massif, avec l'image du si petit corps de mon frère en apesanteur sur la lune. Les bruits de coffre de voiture qui se ferme, les bruits de chutes de livres, de piles d'objets qui tenaient et qui subitement s'effondrent, je n'ai jamais pu les entendre depuis sans tressaillir. Ces bruits me seront toujours odieux et familiers. Après le son, c'est la découverte de Jean immobile sur le dos, de son visage calme, de ses billes ouvertes qui absorbent tout le noir du ciel, de sa cagoule d'où s'écoule très lentement un liquide un peu épais et sombre. Maman est subitement à mes côtés, son instinct probablement réveillé par un silence surprenant de la part de ses enfants turbulents. Nous nous tenons toutes les deux, là, verticales, au-dessus de Jean couché, un silence épais nous unit, puis un cri le déchire. Je ne crois pas avoir regardé Maman à ce moment-là, elle non plus, ses yeux sont braqués sur Jean et s'élargissent devant l'horreur. Je sens sa main qui se ferme sur mon épaule, elle appuie fort vers le sol, pour vérifier que je suis là ? pour se soutenir ? pour m'enfoncer dans la terre ? Je suis devenue un objet, une canne pour ma mère dont j'ai tué l'enfant. À partir de ce moment, la petite fille que j'étais n'existe plus. Quelle fut ta dernière pensée, Jean ? Celle d'un jeu ? As-tu eu peur une fraction de seconde ? Je me dis que tu n'as pas eu le temps. Je n'en sais rien.

Nous avons tous fait comme nous avons pu, après. Sous le même toit, en taiseux, en menteurs aussi, une « méningite foudroyante » en guise d'explication, pour me protéger, probablement.

Par moments nous avons même eu la faiblesse d'y croire. Puis, dès que j'ai pu, nous l'avons vécu séparément. Papa et Maman à Jonzac dans l'espace que Jean continuait d'habiter, moi à Paris en tentant de l'éloigner. Nous n'avions pas le même deuil à porter. Jean était partout, tout le temps, dans le regard de Maman, dans le silence de Papa. Je n'en veux qu'à moi seule.

Pardonnez-moi d'avoir tu mon crime, je ne voulais pas qu'il devienne mon identité. Pour toi Philippe, le doux, le calme, je devais être neuve. Claire, je n'ai pas su être grande sœur, comment aurais-je pu être mère ? Je t'ai aimée viscéralement, cela n'a pas suffi. La douleur, c'est le seul lien durable que j'ai pu tisser avec toi. Clément, je te confie l'abcès, je fais confiance à ta jeunesse pour éclipser les fantômes et pardonner à ta grand-mère.

À défaut de l'avoir dit, je veux le figer ici : personne ne voulait faire de mal à quiconque. J'emporte avec moi les éclats de voix de ta mère enfant et les tiens comme des trésors, et m'en vais retrouver Jean.

Je te souhaite tant de lumière.
Avec tout mon faillible amour, Sylvie

Je replie la lettre comme il faut, en m'appliquant. Je la remets dans l'enveloppe et m'évertue à ne penser à rien d'autre qu'à ces gestes, précis, simples, faciles. Le papier est un peu épais, je n'en connais pas le grammage exact, mais ce n'est pas un vulgaire quatre-vingts grammes. Il a été choisi, acheté peut-être à la feuille, Maman a fait attention. J'imagine sa silhouette en train d'écrire, mon cœur se comprime. Faire barrière à toute pensée autre que mes gestes. Je dois me relever, je pense aux articulations de mes genoux, au sang qui n'a pas bien circulé pendant ma lecture accroupie, je vois des petites étoiles comme on dit, même si ce ne sont que des petits points flous qui troublent ma vue, je vois le désordre par terre comme à travers un kaléidoscope, les enveloppes sorties de la boîte en carton blanc sont étalées sur le parquet. Je pense qu'il faudrait peut-être tout lire, décacheter les autres enveloppes, parcourir les carnets de Papa, faire parler les papiers. Je regarde les rectangles nets qui se sont bien moqués de moi, j'ai été trompée par leur apparence propre et lisse qui cache bien leur jeu, ces enveloppes n'ont l'air de rien mais recèlent des bombes, comme celle que je viens de lire. J'ai enfin une réponse, mais j'ai toujours mal. J'ai mal à Jean, mal à Sylvie, mal à mes grands-parents maternels. J'ai mal à mon enfance, au temps perdu, j'ai mal à l'immense gâchis. Certains mots au Bic bleu résonnent dans ma tête, *je n'ai pas pu, je n'ai pas su*. Je pense qu'elle aurait pu, qu'elle aurait dû. Je lui en veux terriblement. Je devine que c'est une étape du processus, j'entends déjà la voix de ma psy. Je lui en veux aussi d'avoir écrit cette lettre à Clément, de ne pas m'avoir écrit à moi. Toute ma vie j'ai attendu une explication, et c'est Clément qui en est le destinataire officiel. J'ai beau la tenir entre mes mains, elle ne me suffit pas. Je sais, je comprends même, oui, je peux comprendre pourquoi elle a agi ainsi envers moi, pourquoi elle n'imagine pas qu'elle aurait pu faire autrement, mais je n'arrive pas à l'excuser. Ce n'est pas parce que l'on est une victime – car c'est ainsi que je la vois, que je l'ai toujours vue –, ce n'est pas parce que l'on est une victime que l'on peut s'octroyer le droit de ruiner ses proches au nom de son passé. J'essaie d'identifier les sensations qui viennent à moi, c'est une douleur triste, ou une tristesse qui fait mal, c'est calme et silencieux, c'est la mort, car il n'y a plus rien à dire, plus rien à faire, c'est irrattrapable, je ne peux que constater les dégâts, en seule rescapée j'ai l'honneur d'en faire l'inventaire avec la maigre consolation de pouvoir les rattacher à une cause. La belle jambe. Je remets les enveloppes une par une dans la boîte en carton blanc, bien rangées, sages et muettes. Je repose le couvercle dessus, saisis la boîte et la remets dans le placard. C'est bien dans les placards qu'on planque les cadavres, non ? Je pense à Jean en refermant la porte, je vois un visage de bébé que je ne connais pas dans une cagoule bleu marine qui gratte. Je lui jette un baiser dans le vide. De l'amour dans le vide, c'est toute ma famille. En me retournant, les passeports se rappellent à moi sur le parquet. Leur vue me fait du bien, bientôt le lointain Brésil, l'échappée belle, l'échappatoire. La vie, je choisis la vie.

ALMA

En Buenos Aires los zapatos son modernos
Pero no lucen como en la plaza de un pueblo
Dejá que tu luz, chiquitita,
Hable en secreto a la canción
Para que te ilumine un poco más el sol.

Canción para Carito
(León Gieco y Antonio Tarragó Ros)

À Buenos Aires, les chaussures sont modernes
Mais elles ne brillent pas comme sur la place d'un village
Laisse ta lumière, petite fille,
Parler en secret à la chanson
Pour que le soleil t'illumine un peu plus.

*
* *

Des confettis volent encore, des milliers de petits rectangles bleus et blancs qui dansent au gré du vent, sur fond de ciel rendu violet par les restes de fumée et la tombée de la nuit. L'Obelisco transperce l'air épais, on croirait que c'est sa pointe qui a troué la voûte céleste et fait pleuvoir ces flocons de papier dont la chute est retardée par leurs pirouettes et qui émerveillent petits et grands enfants. Ils sont tout aussi nombreux au pied de l'obélisque, unis par l'amour du maillot. C'est soir de match, et l'Argentine a gagné. Supporters de River et de Boca, jeunes et vieux, plus belles femmes du monde et plus gros machos du monde, descendants de bateaux ou de la Pachamama[1], tous sont réunis dans une même ferveur, hurlant et sautant à en desceller les dalles de béton de la plaza de la República. Le cœur de la ville bat plus fort, les tambours ont remplacé les casseroles, les taxis jaunes et noirs écrasent leurs Klaxons, les fenêtres sont béantes, les bruits viennent de toute part s'agglutiner en une masse inaudible et fiévreuse, Buenos Aires est en liesse. Les odeurs de pétards se mêlent à celles des échoppes ambulantes de *choripanes*[2], ça pique le nez et se plante au fond de la gorge, on brûle, on mange, on boit, on chante, on danse, on sue avant de sombrer. Des traits bleu cæruleum et blanc peints sur les joues, le soleil Inti en option, les fiers

1. Terre-Mère, déesse majeure de la culture pré-inca.
2. Petits pains aux saucisses, très populaires en Argentine.

patriotes finissent par quitter le Microcentro pour retourner chez eux, alors que les inévitables débordements seront recouverts de gaz lacrymo et de canons à eau. La trêve aura duré quatre-vingt-dix minutes. Demain, tous se réveilleront dans un pays en crise, mais victorieux.

Le dernier confetti s'écrase au sol auprès d'une famille de quatre personnes. Ils ne sont pas grimés aux couleurs du drapeau. Ils ne sont pas repartis chez eux non plus. Ils campent ici, sur ce banc. Dans quelques heures, alors que beaucoup de *Porteños*[1] n'iront pas travailler pour cause de lendemain de match, ils seront plusieurs milliers à se partager les quartiers de Buenos Aires pour ramasser les cartons. Certains viennent de banlieues éloignées et crèchent sur leur lieu de travail, la rue, avant de rentrer chez eux le week-end. D'autres viennent des *villas miseria*[2] qui ont bourgeonné au sein de la capitale fédérale, même si elles n'apparaissent pas officiellement sur la carte de la ville – Buenos Aires sait être aveugle et sourde, ce n'est pas nouveau. Certains arpenteront les larges avenues de la Costanera Norte qui toisent la vieille Europe, d'autres, les trottoirs encombrés du Microcentro ou

1. Nom donné aux habitants de Buenos Aires.
2. Bidonvilles.

des bureaux de Puerto Madero, rasant les immeubles aux balcons entièrement grillagés d'où débordent des climatisations cassées, les avenues sans fin qui quadrillent la ville, entre deux enclaves pour touristes où les danseuses de tango portent des robes en Lycra *made in China* avant d'enchaîner avec d'autres petits boulots. Ils récolteront les rejets de la ville et les empileront sur leurs *carritos*, Caddie, charrette ou vélo aménagé, de plus en plus volumineux à mesure que la journée s'écoule, et qu'il faudra pousser jusqu'au point de rendez-vous nocturne. Là, ils revendront le butin du jour au poids, à d'autres intermédiaires qui, eux, roulent en camion. L'alu, le plastique, le verre, le métal, le carton. Et des milliers de confettis. Le rêve argentin est en papier. Il se recycle.

Ça pique. Les ampoules parfaitement alignées sur les bords du miroir agressent ses yeux en ce petit matin. Elle a quitté son appartement alors que le soleil n'était pas encore levé pour rejoindre les studios d'America TV et, dans le *remis*[1] qui l'a bercée, à l'abri derrière la vitre, enfoncée dans le cuir mou du siège, elle a croisé du regard les *cartoneros*[2] déjà au travail, les devantures grillagées des magasins encore clos, les premiers bus en circulation dans le damier de Buenos Aires. Les doigts d'une main sont trop nombreux pour compter ses heures de sommeil. Alma se force à regarder partout pour maintenir ses yeux ouverts, si elle

1. Voiture avec chauffeur gérée par une entreprise.
2. Nom donné à ceux qui collectent le carton et les déchets recyclables dans les rues pour les revendre à d'autres récupérateurs, activité devenue particulièrement importante à Buenos Aires depuis la crise de 2001.

reste un peu plus longtemps engourdie sur sa chaise sans remuer ne serait-ce que ses cils, elle sent qu'elle va sombrer. Ses bâillements lui renvoient son haleine chargée par les trois *cortados*[1] qu'elle a avalés depuis la sonnerie de son portable en guise de réveil, ses paupières gonflées par le manque de sommeil s'évertuent à rester mobiles. Cela fait presque une semaine qu'elle ne parvient plus à dormir correctement. Ce n'est pas tant la fatigue qui l'accable que l'énervement. Son sommeil, c'est sacré. C'est ce qui lui a toujours permis de tout endurer, dormir comme une masse, appuyer sur le bouton « pause », s'abstraire du monde. Huit heures incompressibles, sans jamais se réveiller avant qu'on vienne l'arracher à cette échappée belle. Et voilà qu'un grain de sable enraie la machine, qu'on perce son coffre-fort, qu'on vide ses réserves, qu'on vise au cœur. L'ennemi qui s'est logé en elle s'acharne à retirer une à une les pierres de la digue qu'elle a bâtie avec soin et patience depuis qu'elle est toute petite. Alma lutte pour mener les mêmes journées qu'avant, mais ces insomnies arrivent au pire moment, celui de la promo, celui où, après la fatigue accumulée pendant le tournage, le corps réclame un repos mérité. Il n'en sera rien, le planning est serré, le succès est roi et tout doit lui être

1. Expressos avec du lait.

sacrifié, il faut aller vite, enchaîner, sous le regard des autres, sans oublier de sourire.

La maquilleuse ne lésine pas. Alma la regarde peindre son visage dans le miroir. Elle doit être à peine plus âgée qu'elle. Rien ne dépasse, cheveux tirés en arrière, traits symétriques, tenue ajustée, « esthéticienne » semble écrit sur son front. Alma sent l'air qui s'échappe de ses narines réchauffer la main de la fille qui étale consciencieusement une base de fond de teint sur la bande de peau entre son nez et sa bouche, puis prend un crayon pour dessiner le contour de ses lèvres. La main de la fille sent le beurre de karité. Elle a dû appliquer une couche de soin protecteur sur sa peau sèche au réveil, elle le fait probablement tous les matins comme on se lave les dents, son tube de crème doit se trouver sur sa table de chevet à côté d'un élastique à cheveux rose et d'une pince à épiler. La proximité de cette peau inconnue et soignée, dans le plus parfait silence, fait s'accélérer la respiration d'Alma. Elle craint de souffler comme un bœuf, d'aspirer la fille dans son monde intérieur par ses narines, de lui dévoiler ses pensées en respirant trop fort. La fille appose un fard sur ses paupières par petites touches, avec le coussinet de son index, de légères caresses comme un rite, un massage des souvenirs, une invitation à remonter à leur source. Dans un demi-sommeil, Alma se revoit petite, dans le lit partagé avec Manuel et Liliana. Manuel mettait toujours son bras sur elle comme la bandoulière d'un sac, en travers de son torse, la paume de la main accrochée au creux de son cou, comme s'il était prêt à partir avec elle à toute heure de la nuit, elle n'aurait qu'à décider du moment. Elle peut encore sentir son frère aîné contre elle, son souffle dans ses cheveux, sur sa main, sa cheville, au gré de leurs mouvements nocturnes. Liliana les écrasait régulièrement en se retournant, chacun se poussait comme il le pouvait pour trouver son espace, si restreint soit-il, son espace de repos, son espace à soi. La nuit promettait l'occasion de se retrouver enfin seul, et en révélait l'impossibilité technique. Trop de bras et de jambes sur le matelas taché, trop d'odeurs, liquide vaisselle citronné sur crasse accumulée, relents de repas refroidis dans l'autre pièce où dormaient les parents, trop de sifflements enchevêtrés, de rêves entrecoupés, dans un si petit espace. Les moites nuits d'été passées à tenter de saisir au vol un brin d'air non vicié, à éviter tout contact avec la peau des autres ; les nuits d'hiver humides à glisser ses pieds sous les genoux du corps voisin. Le matelas d'à côté était réservé à Maribel, l'aînée, avant que la configuration n'évolue en faveur d'un regroupement par sexe, Manuel d'un côté, et les trois filles ensemble, avant que les rêves ne se radicalisent comme l'urgence de s'extirper de cette cage en tôle ondulée.

— Tu peux rouvrir les yeux.

La voix de la fille sonne comme un murmure après une anesthésie générale. Alma fait face à son reflet rafistolé dans le miroir. La fille au beurre de karité a bien bossé. Alma la remercie, *tu as fait des miracles ! Non, trois fois rien, c'était un plaisir, j'adore votre série, d'ailleurs, si jamais vous avez besoin un jour d'une maquilleuse,* cualquier cosa[1], *voilà ma carte, n'hésitez pas*. La fille s'éclipse tandis qu'Alma observe la carte posée devant elle, imprimée et découpée maison, en songeant qu'elle aurait pu en être là. La même pensée qu'en regardant les *cartoneros* depuis sa berline noire un peu plus tôt.

L'assistant qui l'a accueillie à son arrivée prend le relais pour s'assurer qu'elle ne manque de rien, *un café ? un thé ? la clim ça va ?* Il a le physique d'une fouine. Corps frêle qu'on n'entend pas arriver, visage de faux cul qu'on devine capable de courbettes comme de gueuler sur un stagiaire. Parfait pour la télé. Il reste là dans l'embrasure de la porte, se tient coi. Alma a désormais l'habitude de susciter cette retenue chez ceux qui l'ont découverte sur leur poste de télévision et qui la rencontrent en chair et en os. À moins que ce ne soit de la gêne à cause de la polémique ? Ce léger sourire qu'il affiche en coin,

1. « Pour quoi que ce soit ».

faut-il l'attribuer au souvenir de la série, ou à l'immondice publiée il y a quelques jours dans *Clarín*[1] ? *Todo bien, gracias*[2], Alma le congédie sèchement, elle n'aspire qu'à son lit, elle a tellement hâte que cette interview soit terminée. Ne plus faire semblant, l'espace de quelques heures d'un sommeil réparateur. Elle a dû flancher quelques minutes, puisque lorsqu'elle rouvre les yeux, elle se retrouve face à la fouine qui lui annonce que ça y est, c'est à elle de s'installer sur le plateau, les publicités se terminent dans *tres minutitas*[3]. C'est le temps qu'il lui reste pour chasser les songes, congédier les fantômes de Manuel et de Liliana, longer le couloir jusqu'à la porte surmontée du signal rouge lumineux *on air*, se réapproprier son rôle, son nom de scène, ses ambitions. Alma jette un coup d'œil dans la glace pour vérifier son sourire. Personne ne s'infiltrera derrière ce bouclier en émail blanc.

---

1. Quotidien le plus lu d'Argentine.
2. « Ça va, merci. »
3. « Trois petites minutes ».

La Boca, Buenos Aires, 2002

— *Patito lindo, patito lindo*[1] !

Les gamins pointent leur index douteux sur la petite Alma comme des flèches. L'éclat de fierté et de bêtise dans leurs yeux est une étincelle dans la fournaise ambiante, leurs rires moqueurs résonnent contre les plaques de tôle brûlées par le soleil, qui servent tour à tour de murs, de portes, de sèche-linge et de tables de cuisine. Fiers, mais pas courageux, ils détalent dans la rue, s'éclaboussant les mollets en courant dans l'eau putride du Rio qui remonte à la surface du trottoir aux dalles défoncées, et laissent Alma, son frère et ses sœurs seuls au milieu du *conventillo*[2].

1. « Joli petit canard, joli petit canard ! »

2. Habitation collective dont le nom signifie littéralement « petit couvent » mais aussi maison close, probablement du fait de la forme de leur construction : une cour entourée de chambres. À Buenos Aires, ce fut

La main de Manuel enserre les doigts poisseux d'Alma et ne les lâche pas. Il hésite. Il aimerait courir après l'ennemi, ceux qui ont osé asperger sa petite sœur de leurs sarcasmes, leur coller une raclée et les obliger à demander pardon, mais il préfère rester auprès d'elle, sentir ses petits doigts dans les siens, la couver du regard. Ils font presque la même taille tous les deux, et onze mois les séparent. C'est peu, et c'est peut-être pour cela que Manuel tient tellement à jouer au grand frère. Romina déboule sur le balcon avec un temps de retard. Elle est frustrée de n'avoir pu hurler sur la bande de petits merdeux déjà hors de sa vue, alors elle se console en gueulant sur sa progéniture. *Que todos se queden acá*[1] *!* Pas d'embrouilles, pas de castagne. Puis elle fait signe à Maribel et Liliana de venir l'aider pour la lessive. Les filles rappliquent sans broncher. À quatorze et douze ans, malgré leurs nouvelles préoccupations hormonales, elles ont un fort sens de l'obéissance et de la résignation. Ça file droit chez les Quispe. Jorge et Romina ont quitté il y a dix ans la ville minière en crise dont ils sont originaires, Potosí, en Bolivie, pour la même destination que la plupart de leurs

---

le premier lieu de vie de beaucoup d'immigrants fraîchement arrivés, aux langues et aux nationalités différentes.

1. « Tout le monde reste ici ! »

compatriotes, Buenos Aires. Dans leur tête, en partant, il y a quatre mille mètres d'altitude en moins, l'océan tout proche, un travail où l'on n'est pas sous terre, des années d'espérance de vie à gagner, un avenir meilleur pour Maribel, Liliana et le nouveau-né Manuel. En arrivant, les Quispe découvrent l'entassement à La Boca, l'insalubrité du Rio marronnasse en guise d'horizon, l'étiquette de « *Bolitas* » collée à leur peau pour limiter leurs ambitions professionnelles à la vente de légumes sur les trottoirs, le coût de la vie plus important. Et en cadeau de bienvenue, quelques mois après leur installation, un heureux événement qui s'annonce. À peine leurs valises posées, Romina laisse les enfants aux plus vieux du *conventillo* pour travailler dans les bureaux du Microcentro. Elle y fait le ménage tôt le matin avant de troquer son uniforme contre un tablier blanc impeccablement repassé dans un riche appartement des beaux quartiers de la ville. Parfois aussi elle garde des enfants le soir. Romina ne se plaint jamais. Même si elle le voulait, elle ne saurait pas faire. On ne se plaint pas plus qu'on ne demande chez les descendants de mineurs, on remercie El Tio[1] de nous prêter encore

1. El Tio (« L'Oncle ») est un dieu du monde souterrain et des enfers selon une croyance populaire. Dans le Cerro Rico, près de Potosí, en Bolivie, les mineurs lui font des offrandes afin d'obtenir sa bienveillance.

vie, on remercie le Dieu hérité des Espagnols, sans oublier la Pachamama. C'est une *laburante*[1] qui tient à ses différents emplois, une fille robuste et performante, discrète et ponctuelle malgré les heures de trajet qu'elle endure impassiblement. Elle se soucie des détails et tire sa fierté, tout intérieure, de la satisfaction de ses employeurs. Ses oreilles se bouchent lorsqu'ils ont pour elle des paroles condescendantes, lorsque leurs enfants la traitent moins bien que le chien parce qu'elle a mal repassé un jean ou trop rangé le bordel de leur chambre. Elle ne refuse jamais une tâche supplémentaire. Même lorsque cela rallonge ses journées de manière significative sans salaire complémentaire. Même lorsqu'il s'agit d'assouvir les besoins du patron. C'est ce que prétendent les mauvaises langues, celles qui regardent Alma comme l'intrus de la famille, voyant en cette dernière-née à la peau plus claire le fruit du péché, la honte portée par Romina et Jorge, la gifle envoyée à Liliana, Maribel et Manuel. Ce sont des commérages que Romina méprise ouvertement, que Jorge encaisse silencieusement. Taire et subir, plutôt que répondre et rétablir. Cela fait dix ans qu'ils vivent à Buenos Aires, mais ils savent qu'à jamais ils y seront des nouveaux venus, des redevables. Alors, avoir des ennuis en plus, c'est un luxe qu'ils ne

1. « Travailleuse » (argot argentin).

peuvent pas se permettre, même s'il ne s'agit que d'embrouilles de voisinage ou de querelles d'enfants. Romina sait bien que cela commence comme ça, mais que ce sont les mêmes qui finissent par se droguer sur le terrain vague d'à côté, deviennent pickpockets à touristes professionnels, ou mères à quinze ans. Chez les Quispe, on privilégie l'école, et on cultive les valeurs travail et honnêteté autant que la foi catholique. Et puis, parler, à quoi bon ? L'évidence saute aux yeux : la petite Alma ne leur ressemble pas et sa croissance ne fait que confirmer sa différence. Il y a bien quelques traits communs, mais la composition de son visage n'emprunte rien au moule étrenné par sa fratrie, son gabarit est plus frêle, plus élancé, son teint moins foncé, même sa démarche se cale sur un autre tempo, plus vif et déterminé. Elle a beau être la plus jeune, son petit être dégage une force et une assurance peu communes. C'est pour cela que Manuel la regarde comme une chose rare et précieuse qu'il faut à tout prix conserver à l'abri des autres. C'est pour cela qu'il en veut à ses parents de ne pas réagir, et qu'il a envie de régler leur compte aux gamins du *conventillo* voisin qui viennent les provoquer. Manuel est trop soucieux de sa petite sœur pour s'apercevoir que leurs moqueries visent tout autant Liliana, Maribel et lui, en leur rappelant qu'ils sont moins gâtés par la nature. Il ne pense que rarement à lui. Seulement lors des repas, les jours où il a particulièrement faim, et encore. Il s'assure toujours qu'Alma n'a pas moins que les autres sous prétexte qu'elle est la plus jeune. Pour l'instant, il tient ses petits doigts chauds et collants dans sa main. Alma est silencieuse et calme, alors que les ricanements des voisins résonnent encore. Manuel déteste ces moqueries qui, il le voit bien, créent une distance entre elle et lui. Il ne voit pas qu'Alma, elle, les savoure.

Après avoir refermé derrière elle la porte d'entrée épaisse comme deux fois les parois de son ancien logement, Alma s'effondre le long du mur. L'interview lui a demandé un effort bien supérieur à ce qu'elle avait imaginé. Donner le change, neutraliser ou travestir ses émotions, c'est ce qu'elle a fait toute sa vie, son domaine d'expertise, mais là, elle est à bout, elle le sait. Elle n'est même pas sûre d'avoir été bonne. Cette connasse de journaliste a posé la question de trop en toute fin d'interview avec son air de ne pas y toucher, alors qu'Alejandra – son agent – l'avait briefée : elle lui avait promis qu'elle n'aborderait pas le sujet pendant le direct. Elle ne devait évoquer que le tournage en cours sur la vie d'Estela de Carlotto, pas le scandale naissant. Bien évidemment, la journaliste a fait son boulot de renifleuse de merde, il n'y avait rien d'autre à espérer, c'est Alejandra l'idiote d'avoir cru à son baratin, et Alma s'en veut de ne pas avoir anticipé. La colère s'accumule dans son ventre, elle en a des spasmes, elle voudrait que ça sorte, que tout soit enfin clair, pour tout le monde. Elle tente de se calmer en se répétant qu'elle ne laissera personne lui enlever ce qu'elle a gagné toute seule, personne ne lui mettra des bâtons dans les roues, ne ruinera ses projets, personne. Encore un peu de temps et elle pourra passer au dernier acte, jeu, set et match, victoire par KO. Elle imagine la tête de Jorge et de Liliana à ce moment-là, et cette pensée la calme un peu. Elle aura son heure. Plus les vengeances patientent dans l'ombre, plus elles surprennent. Ils vont tellement regretter leur petit moment de gloire. Alma en soupire d'envie. Elle se relève lentement pour atteindre la cuisine, ouverte sur la pièce principale. Ce n'est pas encore l'appartement de ses rêves, mais elle lui voue une affection particulière. C'est son premier chez-elle. Son adresse, avec son nom sur la boîte aux lettres. Seulement son nom, celui qu'elle s'est choisi. Pas celui de Jorge, pas Alma Quispe, non, « Quispe », c'est bien trop connoté. En quechua, cela veut dire « cristal », et ça la fait doucement rigoler. Ici, à Buenos Aires, cela veut surtout dire bolivien ou péruvien, cela veut dire andin, indigène, mais aussi pauvre, exécutant, conquis, méprisable. C'est un nom qui enferme et qui ne lui va pas. Liliana Quispe, oui, cela lui va. Alma, non. Elle s'est rebaptisée depuis longtemps, en secret, puis en signant ses premiers contrats. Elle aurait pu choisir le nom de jeune fille de sa mère, mais Rodriguez, c'est trop commun, et cela la priverait de toute paternité. Or elle en a une, fatalement. Ou plus précisément des centaines potentielles. Elle a passé son adolescence à les considérer, laissant son imaginaire l'emmener aussi loin que possible, le réel lui ayant fait cadeau d'un point d'interrogation gigantesque en guise de père. Alma sait que Romina alternait les ménages dans plusieurs tours du Microcentro, tours où une dizaine d'entreprises se côtoient. Elle pourrait tout aussi bien être la fille d'un banquier, d'un livreur, d'un avocat, d'un architecte, d'un réparateur d'ascenseur. Les possibilités étant infinies, le jeu pouvait l'occuper des heures entières. À l'école, dans la cour du *conventillo* ou sur son bout de matelas avant de s'endormir, elle n'a qu'à fermer les yeux et à se concentrer pour se mettre dans la peau de chacune de ces vies, s'inventer des noms de famille, des demi-frères et sœurs, une maison, une scène d'*asado*[1] familial, le père à la manœuvre si fier avec son tablier, et, surtout, une chambre à coucher rien qu'à elle. Pour conjurer le sort, elle s'oblige à alterner entre des filiations souhaitées et d'autres redoutées. Mais à chaque fois qu'elle rouvre les yeux, elle

1. Barbecue traditionnel argentin.

est déçue. Bien sûr, elle aime Manuel, mais cela ne compte pas, il l'aime tant qu'elle n'a rien à faire, et ne rien faire lui est insupportable. Lorsqu'elle ne joue pas à imaginer sa vraie famille, Alma fonce chez la voisine, celle qui habite à l'angle, et passe ses journées à regarder la télévision en attendant que son fils rentre dîner. Lena n'a plus d'âge, elle est juste entre vieille et très vieille et se colle à quarante centimètres du poste pour y voir quelque chose. En revanche, elle entend tout. C'est elle qui a repéré la présence silencieuse d'Alma derrière sa fenêtre, rien qu'au bruit de son changement d'appui, dehors, sur ses petites jambes. Elle a demandé qui était là avec son fort accent russe, Alma a un peu hésité avant de lui avouer qu'elle regardait la télé derrière la fenêtre. Lena lui a répondu qu'elle pourrait mieux suivre si elle la rejoignait à l'intérieur. Leur passion pour les *telenovelas*[1] les réunit tous les week-ends, leur regard converge vers le petit écran, sous le napperon en dentelle et la poupée russe aux joues rouges que Lena époussette quotidiennement. Pendant les publicités, Alma a le droit de jouer avec. Elle adore éventrer la poupée en bois laqué pour en sortir une réplique miniature, et ainsi de suite, jusqu'à avoir une myriade de petites paires d'yeux

1. Feuilletons télévisés essentiellement produits en Amérique latine.

peints qui la regardent et lui sourient. Puis elle les replace soigneusement, de la toute petite à la plus grande, jusqu'à ce qu'elles ne forment plus qu'une seule matriochka, une généreuse poupée mère protectrice de toutes les autres. Et le feuilleton reprend. *Muñeca brava*, *Perla negra*, et bien sûr *Ricos y famosos*[1]. Voilà ce qui lui plairait par-dessus tout : être la fille d'un présentateur télé, ou mieux, d'un acteur. De Ricardo Darín par exemple, même si cela semble très peu probable. Peu importe. Autant bénéficier du doute. Tant qu'à être de père inconnu, autant s'inventer le meilleur. Norma Jeane Baker n'a jamais su qui était son père elle non plus, si elle l'avait su, serait-elle devenue Marilyn Monroe ?

Son portable a sonné plusieurs fois dans le *remis* du retour, le nom d'Alejandra s'affichant sur l'écran avec insistance. Depuis sa cuisine américaine, en versant l'eau bouillante sur son sachet de thé aux vertus zen, Alma se résout à écouter le message-fleuve laissé par son agent. La voix d'Alejandra est légèrement froide. Alma note quelques tournures de phrases plus autoritaires que d'habitude. Elle lui rappelle que *cette actualité n'est pas bonne pour la signature du contrat*, et lui *recommande de mettre un terme à ses conflits personnels qui portent atteinte à l'image de*

1. *Telenovelas* populaires en Argentine dans les années 1990.

ses rôles. Rápido. La menace est assez claire. Alma boit machinalement sans sentir la brûlure gagner sa langue et son palais. Parmi les appels en absence s'affiche celui de Manuel. Il est donc venu, ce moment où elle a besoin de son grand frère. Alma le rappelle en contemplant la vue qu'offre sa large porte-fenêtre. Au onzième étage de cet immeuble, il n'y a pas un bruit et elle domine les quartiers nord de Buenos Aires. Plus de traces de La Boca ni du Rio.

Buenos Aires, 2003

Le tissu fin glisse entre les doigts de Jorge. Ça le change du torchon à carreaux qu'il porte sur l'épaule dans le bistro où il est aide-cuisinier pour essuyer la sueur de ses tempes au-dessus du grill et les tables des clients. Dans ce magasin, ça ne sent rien. Il touche les rouleaux de tissu en faux connaisseur, regarde les prix sur les étiquettes, voit sa fille écarquiller les yeux devant les présentoirs comme une gamine devant des bocaux de bonbons. Elle vient récupérer la robe qu'elle a choisie, la verte avec une multitude de volants tombant jusqu'au sol et des sequins sur le corset. Avec des gants or. Personne ne pourra dire que Jorge a fait les choses à moitié. Maribel, son aînée, s'apprête à fêter ses quinze ans ici, à Buenos Aires, et il tient à ce que la fête soit au moins aussi faste qu'elle l'aurait été à Potosí. C'est lui qui a insisté pour les chaussures.

Rouges. Maribel penchait pour du doré, un écho chic aux gants et au diadème, mais Jorge n'a pas voulu : le rouge fera d'elle un drapeau bolivien vivant, un symbole fort de sa réussite, un rappel de sa terre d'origine, immortalisé dans l'album photo de la *quinceañera*[1]. Un album qu'elle gardera toujours avec elle, fermé par un ruban dont la couleur passera avec le temps, consignant la mise en scène de son passage à l'âge adulte : portraits figés de la jeune fille et photos de groupe soigneusement cadrées. Autant de souvenirs qui pourront être envoyés à sa grand-mère restée là-bas et qui lui gonfleront le cœur de fierté. Rouges, donc. Maribel n'a pas moufté. Elle sait tous les efforts consentis par ses parents pour cette fête, elle a bien remarqué que depuis un an Jorge travaille comme manutentionnaire en extra le week-end, après le restaurant. Il n'a pas dit pourquoi, mais elle le sait. Il met de côté, pour elle. Quant à sa mère, elle cuisine depuis trois jours pour que les invités ne manquent de rien, trente personnes seront là, à manger ses *empanadas*[2] et ses *anticuchos*[3] dans la cour du *conventillo* redécorée pour l'occasion à grand renfort de fanions, de fausses fleurs et de

1. La fête des quinze ans est une fête traditionnelle dans le monde latino-hispanique. Elle marque le passage de l'enfance au statut de femme d'une *quinceañera* (jeune fille qui fête ses quinze ans).
2. Chaussons en pâte feuilletée farcis.
3. Brochettes de viande cuites au feu de bois.

ballons. Quinze ans. Une robe pour princesse acnéique et en surpoids, mais qu'importe. La tradition, la famille, c'est bien cela qu'il s'agit de fêter au-delà de la date de naissance de Maribel. Jorge laisse ses doigts parcourir le satin. Cette douceur sur sa peau devenue rêche, c'est sa récompense. Cette étoffe inutile et coûteuse, c'est sa gloire. Le risque qu'il a pris en quittant Potosí, les concessions, le racisme ordinaire, tout cela a un sens. Sa fille aînée devient adulte, il devient vieux, mais lorsqu'il sera à genoux devant Maribel pour lui retirer ses chaussures plates et lui mettre ses escarpins rouges avant de la faire valser, il sera fier.

Comme le veut la tradition, Maribel a choisi les sept filles et les sept garçons à qui elle remettra une bougie et une rose. Pour elle, ce soir, c'est un conte de fées. Pour Liliana, qui n'est qu'à un an de sa propre fête, c'est une répétition générale. Alma n'a que dix ans, mais on lui en donne facilement plus. Ce soir, elle ne mangera presque rien, comme d'habitude, Alma craint trop la morphologie des femmes de sa famille. Elle boudera probablement, la fête l'empêchant d'aller regarder la télé chez la voisine. Les commentaires iront bon train. Jorge a invité le patron du restaurant où il travaille, celui-là même qui jette sur Alma des regards insistants les quelques fois où elle accompagne son père au boulot et qu'elle attend qu'il ait terminé son service, assise à une table, dos à la cuisine, fixant la porte d'entrée. Quand elle sent les yeux du *Gallego*[1] peser sur elle depuis le comptoir, Alma se retourne et le dévisage sans ciller jusqu'à ce qu'il baisse la tête. Ensuite seulement, elle se rapproche, plonge sa main dans la corbeille à pain posée entre l'employeur de son père et elle, saisit un morceau sans lâcher l'homme du regard, et mord dedans.

1. En argot argentin, désigne un Espagnol.

— *Eso sí*[1] ! Et en tenant le sac d'une seule main ? *Bárbaro*[2] !

Au moins ici on ne lui demande pas de sourire, au contraire, plus elle fait la gueule et plus ils sont contents, c'est reposant. Sur la place de Palermo Viejo que la marque a choisie pour le shooting, des grappes lilas débordent des jacarandas, l'air est doux, le bitume et la peau chauffent encore au soleil, le printemps a du mal à partir. Son premier printemps en tant qu'actrice. Alma a encore parfois du mal à y croire tant tout s'est enchaîné vite. Il y a un peu plus d'un an, elle venait juste de rencontrer Alejandra et travaillait encore à l'accueil de Telefe[3]. Dans sa chemise blanche en Tergal qui gratte et son tailleur mal coupé, chignon et rouge à lèvres de rigueur, elle

1. « Comme ça, oui ! »
2. « Fantastique ! »
3. Chaîne de télévision généraliste privée argentine.

jouait des zygomatiques pour faire patienter les visiteurs, trier le courrier et répondre au standard. *Vous avez demandé Telefe, ne quittez pas*... Jorge avait tellement insisté qu'elle avait fini par céder. Travailler, d'accord, mais pas n'importe où. Plutôt crever que de suer à longueur de journée dans une teinturerie ou de faire le ménage avec sa mère. Avec son talent et son physique, ce serait du gâchis. Alma sait qu'elle mérite mieux. Elle démarche les sociétés de production, les chaînes de télévision. Son plan est clair : si elle ne peut accéder aux castings par son réseau, elle y parviendra de l'intérieur. Les premiers contacts avec le monde professionnel sont difficiles, aucune place n'est vacante. Alma reprend ses CV mensongers, ses photos qui dévoilent trop son décolleté pour un honnête poste de réceptionniste. Les refus sont froids et Alma Quispe a l'orgueil à fleur de peau. Elle sent le mépris de ces tristes représentants de la classe moyenne argentine, qui mettent leurs économies bien à l'abri aux États-Unis, mais n'ont pas le courage de quitter leur pays parce qu'ils savent bien qu'ils sont plus quelque chose ici qu'ailleurs. Bientôt, ils lui mangeront dans la main. Elle compense ces premiers échecs par une audace accrue et comprend bien la leçon : il faut être désirée, surtout ne jamais demander. Son job à Telefe, elle le décroche au culot, pas en déposant sa feuille A4 à l'accueil avec l'air affable du quémandeur, mais en flirtant ouvertement avec un cadre des ressources humaines dans le café d'en face. Trois mois à sourire à l'accueil, avant que le tuyau n'arrive à ses oreilles. La chaîne concurrente s'apprête à produire la série événement de Sebastián Rivaldia, un réalisateur très estimé du cinéma d'auteur argentin. Le pitch n'a rien de très original : une avocate *porteña* plaide les causes perdues dans un Buenos Aires corrompu et machiste. Alma s'en moque. Elle jouera dans cette série. Lorsqu'elle croise l'agent artistique Alejandra Vasquez dans les couloirs de Telefe, elle plaide sa cause en guise d'essai. Alejandra n'hésite pas longtemps. Elle connaît les goûts de Sebastián, lit l'audace et l'intelligence du personnage dans les yeux de cette petite bombe inconnue. Alma Arenales participe au casting. Elle jubile, n'en montre rien. Ce n'est qu'un début, la porte s'entrouvre enfin, ne pas gâcher cela, se montrer étonnée, vive, attachante. Travailler ensuite avec précision. Alma sait faire. Elle est inventive, hautement consciente de ce qu'elle dégage. Lors des essais filmés, à travers le moniteur, Sebastián Rivaldia tombe sous le charme et réécrit pour elle le premier rôle de *Diosa*. Alma couche, même si son talent l'en dispense. Une sécurité de plus, tant qu'elle garde une partie d'elle inaccessible, qu'elle continue à inspirer le réalisateur sur le papier comme au lit. Lui donner l'impression d'être un Pygmalion, le laisser dire qu'il l'a dénichée dans la rue, consentir à cette domination latente pour mieux garder l'avantage sur l'avenir. La porte ne s'est pas entrouverte, Alma l'a enfoncée d'un grand coup de pied. Elle ne relâche rien lorsque le succès déferle sur la série, prépare ses interviews en regardant sur YouTube les archives de Marylin évoquant la sortie de ses films, peaufine ses apparitions médiatiques faites d'humilité et de candeur. Alejandra est aux anges, elle a trouvé la poule aux œufs d'or. Les propositions affluent, scripts en provenance d'Argentine et de Los Angeles, émissions, égérie d'une marque de prêt-à-porter.

— *Alma, Alma ! Por favor, una selfie contigo*[1] ?

Un petit attroupement a commencé à se former autour du shooting. Alma fait un signe aux fans par réflexe, mais quelque chose altère sa gestuelle. C'est la crainte. Si tout cela avait été trop facile et qu'elle allait le payer ? Si le succès repartait aussi vite qu'il était arrivé ? Soudain, les jacarandas croulent sous les grappes lilas qui menacent de tomber, l'air frais de cette fin de journée l'emporte sur la chaleur des derniers rayons du soleil. Le photographe prend ses ultimes clichés.

1. « Alma, Alma, s'il te plaît, un selfie avec toi ? »

Buenos Aires, 2004

Elle a froid. La chair de poule court de ses pieds jusqu'au sommet de son crâne, elle peut sentir un air glacé hérisser sa peau. Elle se dit qu'elle est comme la bête morte dans le frigo de la cuisine, ce frigo massif qu'elle entend d'ici, de l'autre côté du mur, qui fait un bruit de turbine, un bruit monotone qui endort progressivement ses neurones, un bruit constant qui l'empêche d'imaginer une issue à ce cauchemar. Une plainte lancinante dont on implore la trêve, un moteur qui n'en finit pas de tousser, une délivrance refusée. Tant que le frigo gémira, l'homme continuera, c'est sûr. Elle est prisonnière de son bras qui la presse sur ses genoux, durs comme ce qu'elle sent se dresser contre le bas de son dos, prisonnière de la main-araignée qui lui maintient la mâchoire fermée. Elle n'est déjà plus dans son corps, elle perçoit juste le goût de son sang dans sa bouche et les doigts de l'homme dans ses creux de fille, elle est dissociée. Son corps n'est plus qu'une étendue de matière forcée par un autre, son esprit s'en détache comme on découpe un papier en suivant les pointillés, il part se promener à côté du poulet mort, dans ce foutu frigo qui terrasse tous les sons alentour. Là-dedans, il n'y a plus ni homme ni danger, rien ne bouge, tout est froid, des parois à la lumière, elle peut compter les *riñones*[1] et les autres abats agglutinés dans du papier journal maculé de rouge, voir les gâteaux disposés à l'étage du dessus, les flans en portions individuelles qui attendent sagement que son père vienne les chercher pour les servir aux clients. Attendre sagement qu'on vienne la chercher, son père ; elle veut partir de toute son âme, mais ses jambes ne lui appartiennent plus, elle veut mordre la main-araignée de toute sa haine, mais ne parvient qu'à faire saigner sa propre joue, elle éprouve plus que jamais l'horreur de vouloir sans pouvoir, le dégoût d'être démunie, la colère muette contre son corps d'enfant qui n'y peut rien. Elle a froid, c'est ce dont elle se souviendra. Pourtant, lui, il a chaud, il pue la sueur, l'adrénaline, il gémit doucement. Il lui chuchote des mots à l'oreille, son souffle dans la nuque, mais le râle du frigo fait barrage, elle ne l'écoutera

1. « Rognons ».

pas, elle ne laissera pas sa voix s'insinuer dans son cerveau comme ses doigts en elle, sa pensée est gelée mais des images s'invitent, lame argentée, découpe de viande, ouvrir la chair, vider la carcasse. Et puis d'un coup l'homme la lâche et se relève. Elle est contre le mur, de l'autre côté de la paroi il y a le frigo de la cuisine qui vibre autant qu'elle tremble, l'homme très grand dit que si elle raconte elle le regrettera, puis il va ouvrir la porte du bureau contre laquelle on tambourine. Depuis combien de temps ? Elle ne sait pas, elle n'a rien entendu.

Derrière la porte, il y a Jorge. Il a fini son service, il ne trouve pas sa fille. Son regard inquiet se pose sur son patron, puis sur elle, et revient sur son patron. *Heureusement elle est là,* il a eu peur. L'homme le rassure, *bien sûr qu'elle est là,* il va vers Alma pour la décoller du mur, la pousse en direction de son père, *va Alma, va,* et prend dans le tiroir de son bureau une enveloppe qu'il remet à Jorge. C'est la fin du mois. L'homme sort de sa poche quelques billets tordus qu'il fourre en extra dans la main de son employé illégal. Je ne te dénonce pas, toi non plus. Jorge ne baisse pas ses yeux vers ceux de sa fille, il ne peut pas, ça brille trop, ça éblouit comme un miroir brisé. Quand Alma quitte le restaurant ce jour-là, elle est aux côtés de son père mais orpheline, et elle a une nouvelle urgence à rêver. Elle a vu Jorge prendre les billets, et son amour disparaître avec eux au fond de la poche de son jean, elle n'a entendu que son silence pour toute réplique, elle l'a senti se terrer dans un mutisme indéchiffrable. Aucun geste, aucune parole pour tempérer le froid qui vient de la ciseler. Elle sait que la misère entraîne la misère, qu'elle doit à tout prix en sortir. Elle se jure de ne plus jamais attendre sagement qu'on vienne la chercher.

Les lettres d'imprimerie se mélangent devant les yeux d'Alma jusqu'à composer des mots difformes et effrayants, les extrémités du journal s'abîment entre ses mains tremblantes. Le désastre s'étale noir sur blanc sur un quart de page. Il y a un titre, un sous-titre, il y a eu un travail en amont de cet affront, des collaborateurs, tout cela a été prévu, organisé et conçu par plusieurs cerveaux malintentionnés, contre elle seule. Un quart de page dans ce journal ce n'est pas rien, mais aujourd'hui elle se serait passée de cette reconnaissance déguisée. Alma lit et relit, comme autant de nouvelles chances de comprendre la situation, de trouver une faiblesse, un manque, une perche qu'elle pourrait saisir, mais l'article est détaillé, son ton est calme et froid, l'exact opposé de sa lectrice.

Comment ont-ils osé ? Ces pouilleux à qui elle a reversé son salaire d'hôtesse d'accueil lorsqu'elle partageait le même toit qu'eux, à qui elle a donné une bonne part de son cachet d'actrice pour la première saison de *Diosa*. Ils se montraient de plus en plus gourmands, Liliana la sollicitant pour être engagée sur les tournages, Jorge et Romina cherchant à s'incruster dans son sillage doré comme des puces de lit dans un matelas neuf. Elle avait bien fait de mettre le holà, ils ne savaient pas se tenir, ne connaissaient rien à cet univers ni à ses codes, allaient compromettre ses projets naissants. Il fallait couper ces amarres qui tenaient plus du boulet destiné à la faire couler, à la replonger dans l'anonymat, le médiocre et la pauvreté qu'elle avait tout fait pour quitter. Elle avait pris un risque en misant sur leur inertie. Leur réponse tenait désormais entre ses mains, prenant toute l'Argentine à témoin. Dans ce papier, elle n'est plus Alma Arenales, mais Alma Quispe. Le journaliste a rencontré sa famille bolivienne à Potosí, il décrit l'habitation de sa grand-mère, cite Liliana, Maribel et bien sûr ses parents, tous d'honnêtes travailleurs immigrés soucieux de s'intégrer à Buenos Aires. Seul Manuel n'est pas mentionné. Les autres tirent à bout portant sur Alma. Mesquine, prête à tout, ils la décrivent comme une ingrate qui a tourné le dos à ses racines, une menteuse invétérée avide de succès. Une tricheuse qui a usurpé un nom de famille, qui affabule lors de ses interventions médiatiques et qui trompe son public. Alma en a la gorge nouée. Ils ne savent rien de ce que ça coûte de tenir à ses rêves par-dessus tout, ils n'ont aucune idée de la force que cela lui a demandé, ils en seraient incapables et ils salissent tout. Son idéal, ses constructions, ses visions sont devenus des mensonges, des tromperies, des crimes. Réécrire sa vie est devenu une trahison. Il faudrait à jamais être le prolongement de ses géniteurs, ne pas couper de branches, s'aliéner avec le sourire.

Où est-ce que cela avait merdé ? Elle avait pourtant cru en sa stratégie en deux temps : d'abord parler d'eux avec une pointe de condescendance, qu'ils ne distingueraient pas, trop focalisés sur le fait d'être sous les projecteurs grâce à elle. Raconter sa version pour leur couper l'herbe sous le pied en les valorisant (*Sans le soutien de ma famille, jamais je n'aurais pu en arriver là ; Mes parents nous ont toujours inculqué le sens du travail*), faire l'impasse sur les fautes, les jalousies et les éloignements de ces êtres si différents. Réécrire son parcours aussi : ce n'est pas elle qui a cherché le cinéma, c'est le cinéma qui l'a trouvée. Conserver l'humour pour semer le doute quant à son humilité, développer la thématique de l'élue et du destin. Dans un second temps, calmer le jeu, une fois la curiosité du public rassasiée et l'ego de la famille flatté. Ne plus parler d'eux, diriger l'attention sur ses nouveaux projets, ses amis du milieu, son présent et son avenir, s'inscrire dans la durée. Mettre en avant son quotidien d'actrice pour continuer à faire rêver, et sa proximité avec ses fans pour exister davantage dans le paysage culturel. La dernière phrase de l'article vient de son père, du moins de celui qui l'a élevée, et lui siphonne l'estomac : « Chez nous, on n'a jamais renié les siens. J'espère qu'elle se souvient du chemin pour rentrer à la maison. »

Les scénarios se bousculent dans son cerveau, aucun n'est totalement satisfaisant. Aller les voir ? Avec des voisins aussi pauvres que connectés, aucune chance de pouvoir parler à l'abri des regards et des smartphones, sans compter que les caméras des chaînes racoleuses qui ne manquent pas en Argentine sont peut-être déjà sur place pour couvrir le sujet people du jour. Et puis pour leur dire quoi ? D'arrêter ? Tout ce qu'elle dira ne les incitera qu'à aller plus loin dans leur démarche de sabotage. Tenter une réconciliation, avec de l'argent ou du travail ? Après ce qu'ils viennent d'écrire sur elle, le montant qu'elle leur a déjà donné l'an dernier, et les impairs commis, autant mettre fin tout de suite à sa carrière. Alors ce ne sera pas une défense, mais une vengeance. Manuel. S'il y en a un qui peut l'aider à vérifier que Jorge n'est pas son père biologique, c'est bien lui. À moins que Romina ne soit une traînée de première.

La Boca, Buenos Aires, 2008

Douleur d'être en mouvement, douleur d'être immobile, Jorge n'est plus que douleur, plus ou moins vive selon ses gestes. Il a pensé qu'elle partirait dans la nuit avec un peu de repos, mais elle ne l'a pas lâché malgré sa fatigue, l'empêchant de trouver une position confortable. Ce matin elle est plus présente encore, s'incrustant dans ses inspirations profondes, l'obligeant à respirer comme une bête, anéantissant ses idées et son moral. C'est le dos. Il est trop usé pour se courber en cuisine cinq jours par semaine et passer les deux restants à porter des palettes du point A au point B, sur le diable, sur le sol, se pliant et se redressant, une partie de l'effort sous le cagnard et l'autre à l'ombre humide des entrepôts. Quinze ans à jongler entre des boulots éreintants, après dix ans de mine. Vingt-cinq ans à courber l'échine. Son dos avait tenu jusque-là, de sa Potosí décatie jusqu'à l'ingrate Buenos Aires. Lorsqu'il était petit, Jorge rêvait de disparaître sous la montagne aux reflets métalliques amplifiés par un soleil de plomb, pour en ressortir avec des chariots pleins de trésors au bout des bras, tant pis si ce n'était plus de l'argent depuis bien longtemps, le zinc, l'étain, cela brille tout autant. Jusqu'à ce qu'il perce le mirage et s'épuise à pousser des wagons d'une tonne dans cette souricière, jusqu'à ce que l'État ferme l'exploitation jugée trop dangereuse, livrant le Cerro Rico[1] aux mains des coopératives, les mineurs n'ayant pas d'autre choix que de continuer à vider la montagne à leurs risques et périls, à grand renfort d'alcool. Jorge continua de vivre en faisant visiter les quelques structures consolidées aux touristes. Leurs airs terrifiés ou leurs masques de bravoure, leurs petites montées d'adrénaline à l'idée de passer une heure sous terre en mâchant des feuilles de coca pour mieux comprendre un pays qu'ils avaient la prétention de connaître parce qu'ils le photographiaient pendant leurs vacances, Jorge n'en pouvait plus. Il ne creusait pas, ne risquait

1. Le Cerro Rico (« colline riche ») est un sommet andin qui domine la ville de Potosí, en Bolivie. Il a été exploité pour ses ressources minérales dès le XVIème siècle, d'abord pour l'argent, puis pour l'étain.

plus d'y mourir comme son père, enterré vivant sous des mètres cubes de terre à cause de l'explosion déclenchée par le propriétaire voisin, mais l'envie de fuir s'incrustait dans ses rêves comme les vapeurs d'arsenic dans ses jeunes poumons. S'il partait, Romina suivrait, comme toujours, mais il faudrait laisser derrière eux sa mère et sa sœur, et manquer à son devoir familial. Pire que la mine. Mieux valait la souffrance que la honte. Jorge attendit. Sa vie à Potosí ressemblait à la vie dans un musée ou dans un hall de gare. Si dehors toutes les façades rappelaient un passé glorieux et riche, toutes ses fins de mois lui démontraient que c'était bel et bien fini. Aucun avenir ici, juste des touristes attirés comme des charognards par des vestiges colorés et un folklore morbide. À Buenos Aires, le travail pleuvait et les enfants pourraient tracer leur chemin, voilà ce que lui disaient ses amis partis rejoindre l'eldorado argentin dirigé par l'engageant Carlos Menem. Si Jorge gagnait suffisamment d'argent là-bas, il pourrait en envoyer à sa mère davantage qu'à présent. Alors l'argent eut raison de la honte. Ce fut la naissance de son fils qui le décida à boucler les valises et à mettre femme, fillettes et nouveau-né dans le bus pour une traversée des Andes aussi interminable qu'à couper le souffle. Referait-il le chemin aujourd'hui en sachant ce qui l'attendait à l'arrivée ? En se voyant là, quinze ans plus tard, assis sur le bord de son matelas, avec un dos hors service, et quatre adolescents ronflant dans la pièce d'à côté ?

Jorge enfile avec peine son jean et ses baskets, attrape le *choripán* refroidi préparé par Romina avant qu'elle parte travailler à l'autre bout de la ville. Avant de quitter à son tour la maison, il pousse le rideau qui sépare les deux pièces pour voir ses enfants endormis, qui n'ont plus rien de l'enfance. Manuel profite de son matelas, étendu en étoile, la tête tournée vers le mur, vers son poster de l'équipe de foot de Boca Juniors. Jorge devine sa fierté, *Boca mi vida es la alegría*[1] *!* Pour lui, c'est certain, le chemin parcouru en valait la peine. Les trois sœurs sont allongées en travers de l'autre matelas, leurs mollets débordent sur le sol. Trois filles. Deux, c'était déjà beaucoup. Maribel a presque quitté le nid, elle traîne depuis plusieurs mois avec le même Juan, gentil et travailleur, comme elle, c'est un soulagement. Liliana vient de trouver un emploi dans un *laverap*[2] de San Telmo les samedis et a l'air de s'y plaire. Elle ramène quelques pesos à la maison et au moins elle ne passe plus l'intégralité de son week-end à se disputer avec sa cadette. Au bout du matelas, Alma. Une bouffée de fierté ravive le mal de dos de Jorge. C'est bien ce qu'il ressent à

1. Hymne du club de foot Boca Juniors.
2. Blanchisserie.

chaque fois qu'il la voit : une fierté douloureuse. Une bombe à retardement, tic-tac. Bien sûr qu'elle est sa fille, même s'il a besoin de se le redire régulièrement. Aussi belle que difficile. Depuis qu'elle est gamine, elle ne lui cause que des problèmes. Jorge n'arrive à rien avec elle. À ses tentatives d'autorité, Alma oppose un mur d'indifférence. De mépris aussi. Comme s'il était responsable de tous ses manques, coupable de tous ses maux, qu'il pouvait toujours mieux faire et qu'il ne trimait pas assez. Sa petite dernière lui reproche de ne pas avoir d'ambition. Un mot de riche, un nuage de fumée. Jorge ne connaît que le travail à saisir, l'offre et la demande. La télévision lui retourne la tête. Qu'est-ce qu'elle croit ? Qu'elle gagnera sa vie comme ça, en claquant des doigts, parce qu'elle est jolie et qu'elle en a à revendre, de l'ambition ? Quinze ans seulement, mais déjà bien trop butée. À son âge, son frère et ses sœurs commençaient déjà à travailler après l'école pour aider leurs parents, mais elle, elle passe son temps à regarder le petit écran, à se maquiller, à réciter on ne sait quoi devant son miroir. Il avait cru que cela passerait, comme son foutu mal de dos. Actrice, ou journaliste, voilà ce qu'elle veut devenir. Tout le *barrio*[1] se moque d'elle. Et puis quoi encore, miss La Boca ? Jorge n'a pas abandonné ses

1. « Quartier ».

racines et le ciel le plus pur qui soit pour ça. Jorge n'a pas quitté sa veuve de mère pour que sa fille devienne une pute. Il faudra bien, un jour ou l'autre, que la belle finisse par lui obéir.

Jouir puis dormir, c'était le programme. Il se donne du mal pourtant, ça se voit, la veine toute fine qui longe sa tempe gauche gonfle à chaque fois qu'il s'apprête à donner un nouveau coup de reins. Une sorte d'avertissement. À moins que ce gonflement ne soit la conséquence du coup de reins précédent. Avec ses yeux mi-clos et sa bouche entrouverte, il a l'air stupide. Ou concentré. En tout cas, il a l'air transporté dans des cieux qu'Alma paierait cher pour atteindre. C'est fou ce qu'il a l'air jeune. Vu d'en dessous, elle lui donne encore moins que lorsqu'elle le croise aux studios, où, en bon stagiaire, il apporte les cafés et tente de se rendre utile. Il a toujours été rasé de près, mais à bien y regarder sous cet angle c'est à se demander s'il n'est pas tout simplement imberbe. Un visage en lame de couteau, la peau douce, un déodorant bon marché, un gamin. Alma se dit qu'elle a été un peu légère sur ce coup-là, pourvu qu'il ne soit pas mineur, elle s'était juré de faire attention, de ne pas coucher avec des types trop en demande, trop inconnus, trop en dehors du sérail, s'il y a bien quelque chose dont elle n'a vraiment pas besoin en ce moment, c'est d'une histoire supplémentaire déballée dans la presse people. En général, elle fréquente des acteurs rencontrés en soirée ou côtoyés sur les plateaux, la trentaine, quarante max, à la carrière déjà sur des rails, qui n'iront pas se vanter en public d'avoir sauté la *Diosa*. Un échange de bons procédés entre personnes tenues par les mêmes contraintes de confidentialité et d'ego mal placé. Elle avait eu besoin du corps d'un autre, vite, pour faire taire le doute qui traverse ses pensées comme des lances jetées sur une bête sauvage. L'attente des résultats du test lui est devenue insupportable. La fine veine n'arrête pas de gonfler et de dégonfler, c'en est presque inquiétant, chaque va-et-vient est ponctué d'expirations dignes d'un sportif en pleine épreuve d'endurance, Alma l'imagine enchaîner les tours de piste en courant dans le gymnase de son lycée. Qu'est-ce qu'elle pouvait espérer d'autre, avec un garçon si jeune ? Elle fait vraiment n'importe quoi depuis la publication de l'article dans *Clarín*. Elle navigue à vue, elle qui a toujours eu des plans en tête, des challenges à relever. Le test, ça oui, c'était une bonne idée. Manuel a accepté sans trop faire d'histoires, il a bien vu dans quelle merde se trouvait sa petite sœur chérie, il jure qu'il n'était pas au courant de ce que mijotait Liliana, d'ailleurs il n'est pas mentionné dans le pamphlet. Ce test de fraternité, encore une lubie de sa têtue de sœur, mais il est convaincu que le résultat lui donnera raison, et que seuls des chiffres issus d'un laboratoire aussi irréprochable que la justice divine permettront à Alma de cesser ses enfantillages. Alma sait qu'il aura de la peine demain, lorsqu'ils recevront tous deux les résultats. À moins que. Revoilà la pointe d'une lance qui enfonce le doute un peu plus profondément dans son cerveau. Non, impossible. Jorge n'est pas son père, elle le saurait. Ces choses-là, ça ne s'explique pas, ça se ressent. Une intime conviction, on appelle ça comme ça. Les enfants de *desaparecidos*[1] en parlent mieux que personne, de cette petite voix intérieure qui attend juste que tu lui prêtes attention, un beau jour, quand à l'occasion d'une question anodine elle se rappelle à toi, que tu finis par te demander de qui au juste tu tiens ce trait de caractère, cette fossette au menton, cette passion pour la musique ou cette attirance irrépressible pour un sujet qui ne fait pas du tout partie de ton environnement familial, qui te fait penser que peut-être la réincarnation existe et

1. Trente mille personnes furent enlevées et tuées par la dictature argentine entre 1976 et 1983.

que, dans une autre vie, tu habitais un autre pays et exerçais tel métier. Ce mystère-là, tu as juste choisi de ne pas lui donner d'importance parce que ton quotidien te convenait tel qu'il était. Mais si tu prêtes l'oreille à cette petite voix intérieure, ne serait-ce qu'une fois, et que tu n'as pas une réponse immédiate à lui mettre sous la dent, elle ne te lâche plus. Elle n'en finit pas de résonner à travers des actions aussi triviales qu'une façon de rire ou de se tenir, à travers tes choix, tes goûts, tes affections. Elle t'invite à te connecter à cette chose impalpable dont on t'a si bien appris à te méfier que tu ne sais même plus si elle existe, et si elle est digne de confiance : ton intuition. Tu te demanderas ce qui ne tourne pas rond chez toi, si tu n'es pas juste fou, insatisfait, blessé peut-être, pour enquêter ainsi sur ton origine jusqu'à la remettre en question, si tu ne t'entêtes pas dans cette direction uniquement pour éviter un réel qui te déplaît, si tu n'as pas inventé la petite voix de toutes pièces. Tu chercheras des éléments pour alimenter ton questionnement, tu trouveras des signes partout où tu voudras en voir, tu ne seras jamais tranquille jusqu'à ce que tu prélèves une goutte de ton sang ou que tu frottes une tige en plastique contre tes gencives pour l'envoyer à des blouses blanches. Alma ne recherche pas d'où elle vient. Elle tient à garder la porte de son imaginaire grande ouverte. Elle veut juste prouver ce qu'elle sait depuis qu'elle est toute petite, prouver d'où elle ne vient pas. Dès qu'elle aura la confirmation scientifique qu'elle n'a pas le même père que Manuel, elle pourra rompre le silence, répondre aux sollicitations des médias et rendre aux Quispe coup pour coup. Plus que quelques heures. C'est interminable. Le stagiaire le plus besogneux du monde. Il doit avoir mal aux bras. Elle voulait tromper son attente avec ce post-adolescent, et voilà qu'il enfonce le clou. Alma compte dans sa tête, si à dix il n'a pas terminé, elle s'en va. Pas question de simuler pour un stagiaire, quand bien même cela pourrait accélérer les choses. Comment il s'appelle déjà ? Juan ou Hernán ? Onze. Alma le fait basculer sur le dos dans un nouvel effluve de déodorant musqué. Il ne s'agit pas d'une autre position, elle lui annonce qu'elle doit sortir sur le même ton qu'elle emploierait pour lui demander un café sans sucre, lui précise qu'il n'a qu'à rester là encore quelques minutes pour terminer ce qu'il a commencé avant de se rhabiller et de claquer la porte de l'appartement derrière lui. Alma caresse sa joue pour en avoir le cœur net. Imberbe. La fine veine est devenue invisible, et le garçon a l'air encore plus stupide les yeux ouverts. Alma reprend ses vêtements sur le sol et quitte sa chambre.

La fraîcheur du dehors lui fait du bien, plus jamais de stagiaire, si mignon soit-il.

Elle n'a pas pris de douche, trop hâte de quitter l'appartement, mais il souffle une légère brise qui balaie son visage, décolle ses cheveux de sa nuque et l'aide à se sentir vivante. La nuit commence à teindre le ciel, elle peut sortir sans trop craindre les regards dans la rue. Elle n'a jamais aimé qu'on la dévisage comme une bête curieuse, et depuis la parution de l'article, c'est encore plus difficile à encaisser. Elle a bien vu l'impact de ces quelques paragraphes sur l'opinion. Même sur le tournage qui vient de commencer, au sein de sa nouvelle famille de cinéma pour quelques mois, il y en a au moins deux, la script et l'un des régisseurs, qui la regardent avec un air méfiant, une pointe de déception, un moindre sourire. Alma ne peut pas les blâmer : tourner un film sur la quête menée par des parents de disparus alors qu'on est accusé par sa famille d'avoir menti sur sa propre identité, c'est plutôt malvenu. Sa poche vibre. Alejandra lui rappelle par SMS que la soirée de début de tournage a lieu ce soir, qu'elle doit y passer – à quoi ressemblerait une fête de début de tournage sans l'un de ses rôles principaux ? –, ne serait-ce qu'une petite heure. Aucune envie de se forcer à sourire ni de jouer les victimes persécutées par les médias. Encore moins envie de se prêter au jeu de la conversation, de chercher des sujets futiles dont la seule vocation est d'éviter ceux qui fâchent.

Arrivée à l'angle de Santa Fe et de Thames, elle devrait piquer au nord pour rejoindre la soirée, mais au lieu de cela elle s'engouffre dans le premier *colectivo*[1] qui passe. Elle ne verra personne avant d'avoir les résultats du test, avant demain. Alejandra devra attendre, la fête aussi. Le bus roule vite, Alma remercie intérieurement le chauffeur, elle a besoin de vitesse, il lui semble moins pénible d'attendre en étant en mouvement. C'est un 152. La ligne qu'elle a probablement le plus fréquentée depuis qu'elle est gamine. Celle qui relie l'insalubre Boca au poumon de la ville, celle que prend encore Romina aux aurores pour quitter le *conventillo* et retrouver le centre et ses heures de ménage, ce bus dans lequel les frères Mamani – et Manu parfois aussi – se faisaient la main, apprentis chapardeurs, dans les sacs des passagers de devant. Appuyée contre la vitre, Alma se laisse porter. L'éclairage automatique vient de s'activer, l'avenue désespérément rectiligne s'illumine, cette lumière vive à intervalles réguliers engourdit ses pensées. Tous feux dehors, Buenos Aires sort le grand jeu. Scalabrini Ortiz, Agüero, Ayacucho, puis la Nueve de Julio et ses écrans plasma, Alma a l'impression d'être une touriste jusqu'à ce que le bus

1. Bus.

bifurque vers la gare de Retiro. Un dernier virage et c'est la ligne droite vers le sud, vers La Boca, côté touristes puis côté obscur, la fin des lampadaires, l'apparition des maisons des trois petits cochons – base en briques, rafistolages en tôle et en bois –, les trottoirs qui cèdent sous le Rio et son coin de rue de toujours. Elle aimerait revoir Lena, cela fait longtemps qu'elle n'a pas pris de nouvelles de sa vieille voisine russe, mais il se fait tard et ce serait stupide de se jeter dans la gueule du loup à quelques heures des résultats. Elle se promet de venir chercher Lena en taxi un jour prochain, de l'emmener voir un film puis dîner dans un bel endroit. En contournant la Casa Rosada, Alma se lève subitement et joue des coudes pour descendre du *colectivo*. Elle traverse l'avenue, longe les grilles qui protègent les murs saumon et s'assied sur un banc de la place de Mai. Elle se sent étrangement bien sur ce banc en pierre. Le vent lui souffle qu'elle se trouve à la bonne place. Alma réalise qu'elle est au centre de son histoire : à mi-chemin entre l'appartement d'Alma Arenales et le *conventillo* d'Alma Quispe, entre le balcon d'Evita qu'elle espère incarner dans quelques mois et la place de Mai, symbole de son tournage actuel. La nuit prend lentement possession du lieu, les derniers *paseaperros*[1] sont rentrés, Alma quitte

1. Promeneurs de chiens.

son banc pour rejoindre son lit à pied. Elle espère que le stagiaire ne s'y est pas endormi, et que la fatigue remontera de ses jambes jusqu'à son cerveau pour lui permettre de sombrer quelques heures, avant la journée pile ou face.

La Boca, Buenos Aires, 2017

Grosse, moche, insignifiante. Liliana n'en peut plus de cette soirée qui n'en finit pas de lui rappeler à quel point elle est grosse, moche, insignifiante. Trop de strass, de sourires millimétrés, de nœuds papillons et de robes vertigineuses, de blagues qui lui échappent, de discours et de publicités. La richesse affichée est violente, la beauté aussi. Même les larmes qui coulent sur les joues des acteurs récompensés luisent comme des diamants. Dans son legging et son débardeur préférés, Liliana se sent de plus en plus mal à l'aise, trop serrée. L'idée de se réunir pour regarder ensemble la remise des Golden Globes lui avait plu. Elle avait pressenti que ce ne serait pas facile à vivre, mais elle était bien loin de la réalité. Tout le *barrio* s'est retrouvé chez Lena. Elle est la seule à n'avoir pas changé. Lena est juste passée de très vieille à très très vieille, mais ses traits n'ont pas bougé. L'écran de télévision, lui, est plus plat et plus large, les voisins l'ont déplacé sur le trottoir pour que tout le monde puisse assister au potentiel sacre d'Alma, *Diosa* étant nommé dans la catégorie « meilleure série étrangère ». Certains ont apporté leur tabouret, la plupart des spectateurs se tiennent debout. Les commentaires et les blagues fusent, les Yankees ne sont vraiment pas possibles à toujours tout faire dans la démesure, on en rit beaucoup, on les envie autant. Lena est assise devant, sa matriochka sur ses genoux à défaut de tenir sur le nouveau poste de télévision, désormais trop plat. À côté d'elle, dans le rang des VIP, Romina et Jorge, Maribel, Manuel et Liliana. Les Quispe au grand complet, par écrans interposés. Le point commun entre ce qui suinte du gigantesque plateau de télévision de Los Angeles et ce qui se déroule sur ce trottoir de La Boca, c'est l'hypocrisie. C'est ce à quoi pense Liliana en regardant les profils des membres de sa famille éclairés par la lumière de l'écran. Personne ne leur a demandé s'ils souhaitaient voir *Diosa* gagner. Une évidence, probablement. Pour Manuel, rien n'est plus sûr. Il a écrit « *Vamos Alma*[1] » aux couleurs de La Boca sur son front comme s'il allait soutenir son équipe, son excitation est au maximum,

1. « Vas-y Alma. »

il ne tient pas en place et enchaîne les bières pour tenir le suspens, tapant sur ses cuisses en râlant dès qu'une page de publicité vient rallonger l'échéance. Maribel est plus calme. Liliana se demande si elle pense comme elle. Si, comme elle, Maribel prendrait du plaisir à assister à l'échec d'Alma, en direct, devant tout le monde. C'est le seul scénario qui lui permettrait de rentrer chez elle en se sentant un peu moins grosse, moche et insignifiante. Voir sa petite sœur dans cette robe lamée est déjà une épreuve en soi, la savoir parmi les *happy few* à proximité de Brad Pitt et de Leonardo DiCaprio lui donne des crampes d'estomac. C'est moche la jalousie, ça fait mal. Alors si, pour une fois, Alma pouvait souffrir un peu, ce serait moins injuste, plus supportable. Elle ne peut décemment pas tout réussir aussi facilement. La chance du débutant, très bien, mais il faut que ça s'arrête. Sinon, cela voudrait dire qu'Alma avait raison. Que vouloir s'en sortir suffit. Que ses parents, que Maribel, Manuel et tous les voisins rassemblés ici n'ont que ce qu'ils méritent. Si Alma remportait cette statuette, c'est comme si elle la leur envoyait à la figure. Les plus naïfs y verraient une inspiration, la possibilité d'atteindre leurs rêves. Liliana n'y verrait qu'un tacle de plus. Alma l'a toujours enfoncée, sur tous les tableaux. Si c'était une autre fille du *barrio* à sa place, Liliana se réjouirait pour elle, si c'était Maribel, là, sur l'écran, Liliana serait la première à la soutenir. Mais comment soutenir quelqu'un qui vous a toujours regardé de haut ? Gamine déjà, Alma ne voulait pas jouer avec elle, participait le moins possible aux obligations ménagères, agissait comme si on l'avait oubliée là, par erreur, et qu'elle ne tarderait pas à repartir. Si elle n'avait été que solitaire et individualiste, passe encore, mais ce que Liliana ne digère pas, ce qui lui reste en travers de la mémoire, c'est la cruauté de sa sœur à son égard. Elle l'aimait, cette petite sœur. Elle avait à cœur de s'en occuper lorsque Romina et Jorge confiaient leurs enfants aux voisins, elle aurait aimé partager davantage de choses avec elle. Maribel était tellement sérieuse et obéissante, parfaite dans son rôle de maman de substitution, quant à Manuel, il n'arrêtait pas de coller Alma. Liliana, elle, tentait de s'entendre avec tout le monde et personne ne lui prêtait attention. Sauf Gonzalo. Alma aurait pu le lui laisser, elle s'en moquait parfaitement et leur histoire n'avait pas tenu deux semaines, mais elle avait besoin de se faire les dents. Jamais elle n'a laissé aux autres ce qu'elle pouvait saisir sur son chemin. Une sœur qui refuse tout aux siens mérite-t-elle d'être soutenue ? Liliana quitte son tabouret et traverse le salon de Lena pour se rendre aux toilettes. Le calme à l'intérieur de la pièce l'apaise, elle n'en peut plus de l'excitation générale et craint le moment de vérité. Sur les murs, Lena a épinglé quelques photos d'Alma découpées dans les journaux. Liliana passe devant en soupirant. Même pour aller pisser, il faut croiser le regard de la *Diosa*. Assise sur la cuvette, la tête lourde d'avoir bu trop de bière et le cœur engourdi d'avoir ressassé trop de mauvais souvenirs, elle entend s'élever des cris hystériques provenant du trottoir. Liliana ne se presse pas pour autant, son jet d'urine reste tranquille, détaché du rythme extérieur. Elle se concentre sur le bruit qu'il fait, une petite rivière au débit calme et constant, et s'imagine voyager dans une contrée fleurie et tempérée, la Suisse peut-être. Les cris barbares reprennent au-dehors, plus forts et suivis de chants. *Diosa* a gagné. Alma a gagné. Liliana s'essuie consciencieusement, tire la chasse et se lave les mains.

Dans le miroir qui lui fait face, elle voit une fille un peu ronde, aux traits doux. Dans ses yeux, une détermination nouvelle. Il suffit donc de vouloir. Très bien.

C'est lui qui a pris connaissance des résultats en premier et qui l'a appelée. Encore endormie, Alma décroche. De son portable jaillit un flot de paroles trop rapide pour qu'elle en saisisse le sens, mais pas l'intention. La voix de Manuel trahit son excitation. Alma l'écoute silencieusement puis se lève d'une traite pour allumer son ordinateur et vérifier ses emails. Son index clique sur les résultats envoyés par le laboratoire, ses yeux scannent les chiffres écrits en tout petit, jusqu'à la dernière ligne et le pourcentage indiqué en gras. Elle entend de nouveau la voix de son frère, puisqu'il l'est bien, il n'y a plus de doute. Cette voix qui parle à son oreille partage les mêmes gènes qu'elle, même mère et même père, ils sont faits du même bois. Alma Arenales n'est plus qu'une vue de l'esprit. L'identité qu'elle s'est construite, sa différence, sa fierté, son élégance, ses goûts, son ambition, sa part d'inconnu, son coffre aux trésors, son refuge, le moteur de ses actions, sa volonté, tout s'évapore avec ce satané pourcentage que la plupart de ceux qui effectuent un test de fraternité doivent espérer secrètement – *pourvu que ma famille ne vole pas en éclats*. Un chiffre et la voilà condamnée à être la chair de la chair de Romina et de Jorge, le fruit de leur coït, la petite fille des mineurs illettrés de la province de Potosí, la sœur de ces moins que rien. Fini Cendrillon, RIP conte de fées, père avocat d'affaires *porteño* fictif. Javotte, Anastasie et les autres ont gagné. Alma regarde ses mains, touche son visage, palpe ses hanches, se mord l'intérieur des joues. La voix de Manuel résonne dans le rectangle métallique aux bords arrondis, il est tellement heureux que c'en est écœurant. Une voix en elle lui dicte de remonter sur le ring et de changer de stratégie, tandis que celle de Jorge tourne en boucle : *J'espère qu'elle se souvient du chemin pour rentrer à la maison.* Elle veut juste mourir en route.

CLÉMENT

Le voilà sur une autre planète, Tatooine[1] peut-être, projeté à plus de quinze heures d'avion de sa chambre à coucher, dans cette profusion de sable en bordure d'océan. Le buggy file à travers un enchevêtrement de dunes, marquant son sillage sur un sol aussi mouvant que le paysage est immuable : à sa gauche le sable, à sa droite les vagues, le tout à perte de vue. Cela ne ressemble à rien de ce qu'il connaît. La dune du Pilat qu'il a gravie avec son père l'été dernier n'est, en comparaison, qu'un bac à sable. Même les couleurs sont neuves. Le ciel n'a jamais été aussi bleu, le blanc du sable lui pique les yeux, et puis il y a ce vert, cette abondance de feuilles larges et grasses qui les accueille à chaque village traversé. Le vent lui arrache presque les cheveux et rend incompréhensibles les exclamations de

1. Planète-désert de l'univers de *Star Wars*.

Claire, aussi excitée que lui. Seules quelques bribes de sa voix lui parviennent quand elle tourne son visage vers lui, entre deux effluves de crème solaire. Dans cette ivresse de monoï et de courants d'air, Clément sent son cœur se décrocher sous son tee-shirt à chaque fois que le buggy rebondit sur les dunes. Un peu comme lorsque sa mère lui a annoncé la surprise, et qu'un frisson de joie l'a parcouru des pieds à la tête. Un voyage au Brésil, rien que tous les deux, pour son anniversaire, et alors que c'est même pas les vacances ! Clément en avait oublié de faire un vœu en soufflant ses bougies, peu importe, il vient de se réaliser. Dans ce buggy qui décoiffe, seul avec sa mère, la meilleure du monde entier, sa mère qui pousse des petits *wou-ou* à chaque fois que leur vaisseau décolle, Clément se dit que ça doit être ça, le paradis.

Le chauffeur avec qui ils ont échangé plus de sourires que de mots tend l'index en direction des toits qui commencent à apparaître à l'horizon, juste en face, en criant *Jericoacoara !*. Une mélodie plus qu'un nom, qui fait beaucoup rire Clément. Quand il entend ces syllabes improbables, il imagine un perroquet rouge et bleu au bec recourbé les lui répéter de sa voix grinçante. Claire s'est redressée sur le siège pour mieux voir se dessiner ce lieu qui émerge enfin, comme une oasis dans le désert. Comme un mirage. Tout ce qui s'est passé depuis le dernier jour de doublage au studio n'est peut-être qu'une illusion, après tout. Une illusion, oui, c'est fort probable, tout s'est enchaîné si rapidement, d'une façon irréelle. La semaine qui vient de s'écouler a le même goût pâteux qu'un réveil douloureux, quand on ne sait plus bien si l'on a rêvé ou si la réalité s'est immiscée dans notre sommeil, et que le seul moyen de se raccrocher au présent est de convoquer des faits tangibles qu'on craint comme un couperet. Le doublage de la dernière saison avait bien pris des allures d'atterrissage en catastrophe, Claire avait vu ses perspectives disparaître dans la trappe des cas de force majeure. Elle se souvient de sa fébrilité en recherchant sur Internet des précisions sur l'état de santé d'Alma. Jamais une interruption de travail, si soudaine soit-elle – Dieu sait qu'elle en a connu dans sa carrière de comédienne – ne lui avait causé un tel choc. Une amputation. Une double peine, celle de savoir Alma au plus mal, et celle de n'être, du jour au lendemain, plus rien. Claire se souvient d'avoir pensé à leur personnage commun, celui de la *Diosa*, de l'avoir imaginée prendre ses billets d'avion, et d'avoir fait de même. C'est tellement simple de suivre un scénario, de dire le texte d'une autre, de marcher sur ses traces. Si l'assistant d'Alejandra Vasquez ne s'est pas trompé, la suite se passe ici, au beau milieu d'un désert qui s'achève dans l'océan, au cœur de ce village où les touristes ont pris la place des pêcheurs, dans l'un des États les plus pauvres du Brésil.

La chaleur qui s'abat sur Claire dès l'arrêt du moteur la ramène au présent. Le buggy vient de se garer devant un portail blanc. Plus un souffle d'air, et plus un bruit. *Casa da Mangueira !* annonce le chauffeur en posant à terre les deux valises recouvertes de poussière. Un chat famélique tente sa chance entre les pieds de Clément tandis que Claire détaille la maison d'hôtes. Elle est à taille humaine et se niche, discrète, au fond d'un jardin bien entretenu. De l'autre côté de la rue se trouve un hôtel cinq étoiles plus susceptible d'accueillir une star en convalescence, mais aux tarifs inaccessibles pour Claire. Elle lui tourne le dos, elle ira enquêter là-bas dans l'après-midi après quelques heures au frais. Le buggy repart dans un crachotement de moteur, faisant déguerpir le chat à l'ombre des oiseaux de paradis. Clément emboîte le pas à sa mère et traverse l'herbe coupée brûlante pour atteindre l'entrée surclimatisée. Sous ses lunettes de soleil, Claire observe, derrière la réception, le patio intérieur. Dans son axe, une fille aux longs cheveux noirs est assoupie sur une chaise longue. Clément a un mouvement de recul. Il reconnaît immédiatement la brune de la télé.

Capoeira : nom féminin, du guarani *caa apuera*, « île à l'herbe rase ».

Définition : art martial du Brésil se pratiquant avec un accompagnement musical. À la fois lutte et danse, rituel et jeu, la capoeira désigne à l'origine une friche, de hautes herbes dans lesquelles les esclaves dissimulaient un entraînement au combat qui leur était interdit.

Les capoeristes se rassemblent en ronde. L'un d'eux entame la *ladainha*, chant d'incantation. Il n'y a alors pas d'affrontement, c'est un moment de concentration. Les capoeristes qui s'apprêtent à jouer attendent, écoutent, et observent, au pied du berimbau[1].

1. Instrument de musique brésilien de la famille des cordes frappées, d'origine africaine.

Cantando atravessado
(Mestre Acordeon)

Cada qual tem seu caminho
Chacun son chemin
Sua ideia opinião
Ses idées, ses opinions
Vida é redemoinho
La vie est un tourbillon
Todo mundo a girar
Tout le monde tourne
Gira roda, gira mundo
Tourne la ronde, tourne le monde
Roda gira vamos la, camaradinho
La ronde tourne, allons-y, mon p'tit gars

À la phrase « *Vamos embora camarada*[1] », le jeu commence.

1. « On y va camarade » (sous-entendu : on part au combat).

Alma repose dans un soupir le script gondolé par les éclaboussures de crème solaire et d'eau chlorée. Elle retire ses lunettes de soleil et se retourne sur le ventre, la tête en direction de la petite piscine en forme de goutte qui occupe le centre du patio. Il n'y a personne. Même les oiseaux se sont tus, respectant la trêve de la sieste. Pour bronzer, c'est l'heure des braves, de ceux qui n'ont pas peur des coups de soleil. *Avec ma peau de Bolivienne, aucun risque*. C'est bien ainsi qu'on la voit désormais, le script qu'elle vient d'avaler est éloquent. Alejandra a insisté pour qu'elle le lise, qu'elle reste active pendant sa convalescence, qu'elle parvienne à se projeter une fois le soufflet médiatique retombé, quand une nouvelle affaire people aura éclipsé sa tentative de suicide et les calomnies familiales. Comment Alejandra a-t-elle pu penser deux secondes que ce script pourrait l'intéresser ? L'a-t-elle lu, au moins ? Dans ce cas, il est clair qu'aucune carrière ne pourra germer de leur collaboration. À moins qu'il ne s'agisse d'une provocation. La surface de l'eau est constellée de moucherons qui dérivent lentement vers la buse d'aspiration. Ils ont vu l'eau scintiller, s'en sont rapprochés, s'y sont noyés. À bien y regarder, ils ne dérivent pas, ils stagnent, moitié cramés par le soleil, moitié liquéfiés dans la nappe bleue, attendant qu'un plongeon vienne les faire couler tout au fond. Engloutis. Alma ne s'est jamais sentie si proche d'un moucheron mort. Sous le hâle de sa peau, elle est dissoute. Depuis qu'elle est arrivée ici, elle a enfin pu dormir, mais les levers restent difficiles. Ils lui rappellent son dernier réveil avant l'accident, le coup de fil trop matinal de Manuel, la stupéfaction en découvrant les résultats. Alma Quispe. La porte est fermée. Son arbre est complet, ses branches nommées, son héritage scellé. Il l'est depuis toujours. Elle qui s'y refusait catégoriquement se sent à présent céder sous son poids. C'est un arbre dont elle craint l'ombre.

Alma se souvient de l'arbre toborochi. Romina leur racontait cette légende bolivienne quand ils étaient petits, en particulier lorsque l'un d'eux avait essuyé une brimade ou des railleries. Elle prenait Manuel et Alma sur ses genoux tandis que

Maribel et Liliana s'asseyaient en tailleur. Elle fermait les yeux, attendait que le silence soit total pour que sa voix, plus grave que d'habitude, leur procure un délicieux frisson. Les enfants échangeaient des regards et quelques gloussements avant de clore leurs paupières pour mieux s'imaginer l'arbre bulbe aux fleurs roses et mieux se figurer les esprits des ténèbres, menés par le cruel Añas. Mieux voir la belle Araverá, mariée au dieu Colibri et enceinte de leur fils, destiné à punir ces esprits malfaisants. Alma peut encore entendre la voix de Romina s'emballer pour décrire leur course-poursuite, cette voix rude et sobre, la voix de sa mère. Alma peut encore sentir le soulagement de Liliana quand la belle trouve refuge dans le tronc de l'arbre toborochi et que son fils la venge ; la tristesse de Maribel lorsque Romina précise qu'elle n'a pas survécu ; le demi-sourire de Manuel à la conclusion de l'histoire : Araverá reste à jamais dans l'arbre, elle n'en sort que sous la forme de fleurs en forme d'étoile, afin de retrouver son mari colibri.

Un fin ruban de larmes fend la joue d'Alma. Elle ne se souvient pas d'avoir déjà pleuré ainsi, naturellement, sans caméra, pas depuis que son esprit a délaissé son corps le jour du grand froid dans le restaurant où travaillait Jorge. La digue cède, le ruban s'épaissit, sans sanglots, sans qu'elle puisse rien faire d'autre que contempler les gouttes choir sur le sol et imprégner la couverture du script. C'est l'ondée bienfaisante qui s'abat sur un champ brûlé par un été trop long. Elle a passé son enfance à en rêver d'autres, sa vie à couper des liens, à arracher ses propres racines. Elle est l'ambitieuse qui récolte la solitude qu'elle mérite. Exactement comme dans ce foutu script qui décrit l'ascension d'une immigrée paraguayenne, prête à tuer père et mère pour décrocher un simulacre de gloire, si fugace soit-il. Voilà ce qu'elle est. Face au miroir que lui renvoie le scénario détrempé relié par des anneaux en plastique noir, elle fait le serment qu'elle ne sera jamais réduite à ne jouer que son propre rôle. Ça ne s'arrêtera pas là. L'humiliation l'a toujours fait rebondir, les tentatives pour la mettre en cage n'ont jamais eu raison d'elle, les obstacles qui ont barré son chemin ont été ses tremplins. Aucun scandale, aucun gène, aucune famille ne tordra le cou à son insatiable quête. Les moucherons poursuivent leur lente dérive collective à la surface de l'eau, jusqu'au raz-de-marée qui les submerge. Alma vient de piquer une tête.

Des voix dans une langue étrangère se rapprochent, précédées par un chat désœuvré.

Alma retourne s'allonger, la tête de l'autre côté, en direction des plantes vertes rangées le long du mur blanchi à la chaux. Les fleurs sont d'une beauté éclatante. Sur l'une d'elles, un colibri vient de se poser.

— Clem, chut, moins fort ! On n'est pas tout seuls ! Viens là, ça cogne, tu ne peux pas rester sans crème.

Claire a parlé aussi doucement que si elle venait de pénétrer dans une église. Clément rebrousse chemin et s'assied sur le bord de la chaise longue où sa mère a posé leurs affaires, marquage de territoire à la régulière. Un sac en tissu d'où sortent un polar, deux serviettes, une bouteille d'eau, son téléphone. Claire a choisi la chaise longue la plus éloignée du bassin, intégralement à l'ombre. Clément se laisse enduire en essayant de bouger le moins possible même s'il meurt d'envie de sauter dans la piscine. Sa mère s'applique. Il a l'impression qu'elle fait exprès de traîner, qu'elle ralentit tous ses gestes. La chaleur, probablement.

— C'est bon là, M'man ?

— Attends ! Tu sais, le soleil, ici, il est plus fort qu'à Paris. T'inquiète pas, elle va pas disparaître, la piscine.

— Mais moi, je vais fondre ! Allez, Maman, c'est bon là !

Le nez encore tout blanc de crème mal étalée, Clément file à l'eau en sautillant sur les dalles tant elles sont chaudes, poussant des petits *aïe aïe aïe* à chaque fois que ses orteils touchent le sol. Sans le dos de son fils pour se planquer, Claire sursaute comme un malfrat pris la main dans le sac, effrayée de se sentir à découvert. Elle s'allonge sur le ventre et tente de se calmer. *Je suis en vacances avec mon fils, je suis psychologue, je ne regarde pas la télé, je ne connais pas cette série et cette fille encore moins. Je suis en vacances avec mon fils, je suis psychologue, je ne regarde pas la télé*… Ses lèvres chuchotent ce mantra en boucle, la joue collée contre la serviette éponge qui sent la lessive. La branche de ses lunettes de soleil en métal lui rentre dans la peau, mais peu importe, les verres miroirs la couvrent, impossible de savoir où elle regarde, impossible de remarquer qu'elle ne lâche pas des yeux la chaise longue occupée de l'autre côté de la piscine, comme un prédateur fait le guet. Même si c'est elle qui se sent proie. Écrasé contre la toile du transat, son cœur cogne comme si elle venait de terminer une série de longueurs dans le bassin. Cette chaleur qui pèse sur chacun de ses gestes et qui corsète sa respiration n'arrange rien, son corps met plus de temps à s'acclimater qu'elle ne l'imaginait. À vrai dire, elle n'imaginait pas grand-chose. Elle n'en revient surtout pas de l'avoir fait, elle ne se serait jamais crue capable d'autant d'audace, et doute d'en avoir encore suffisamment pour aller jusqu'au bout maintenant que la voilà tout près de cette fille, la fille de l'écran, la fille virtuelle qui n'a jamais été si proche d'elle. Foutus mensonges. Claire y a toujours recours naturellement, c'est un réflexe acquis très jeune – mieux valait cacher la vérité à sa mère et garder ses émotions bien à l'abri – puis encouragé par son choix de carrière. Mentir ou taire, pour Claire, ce n'est pas malintentionné, ce n'est qu'une question de protection. Elle n'a pas dit à Clément qu'ils partaient en vacances pour Alma. Il fêtait son anniversaire, elle a saisi l'occasion pour faire de ce voyage un cadeau, et tout le monde est content. Elle ne dira pas à Alma qu'elle la double dans la série, elle ne veut pas jouer les fans hystériques alors que l'actrice les fuit, elle espère la motiver à reprendre le chemin des studios. Ces mensonges-là sont faciles. Non, ce qui alarme Claire et accélère le martèlement de son cœur sous sa pose alanguie, c'est la possibilité qu'elle se soit, aussi, menti à elle-même.

— Tu viens, Maman ? Elle est trop bonne !

Claire se dit qu'Alma entend la voix de son fils, dans une langue qu'elle ne parle pas. Toutes deux partagent le même patio, respirent le même air, aucun écran géant ne s'interpose, pas d'ingénieur du son ni de directeur artistique. Pour la première fois, elles vivent la même scène au même moment, au même endroit. Claire se souvient du casting et de l'irruption de cette brune dans sa vie, quelques mois après le deuil de sa mère. Depuis, il ne se passe pas un jour sans que ces deux femmes, la morte et la bombe, n'occupent ses pensées. Elle leur parle dans la solitude qui l'étreint le soir avant d'éteindre sa lampe de chevet, imagine des dialogues entre sa mère et Alma. Ils varient toujours autour du même thème : Claire subit le deuxième temps de la valse de sa mère, Alma l'incite à reprendre le dessus, les filles tissent des liens de sœurs et triomphent, Sylvie implore le pardon. Certains soirs, Claire ne maîtrise plus rien, alors ces rôles si bien attribués changent d'interprète, et c'est elle qui demande pardon. Ces soirs-là, Claire dort mal.

— Allez M'man !

Quelques mètres à peine séparent deux filles unies par un même silence, quelques mètres et une piscine en forme de goutte avec un enfant de sept ans qui s'y ébat joyeusement. La brune et la blonde sont allongées sur le ventre, la tête vers le sud. Alma en plein soleil, Claire à l'ombre. Certains détails résistent à tout.

— Pas tout de suite, Clem, pas tout de suite…

« Alma, c'est encore moi, c'est Manu. *Llámame por favor*[1]. J'espère que ça va. *Un beso grande*[2]. »

Un message par jour. Le grand frère le plus prévenant qui soit. Qu'est-ce qui cloche chez elle ? Pourquoi méprise-t-elle toujours ceux qui l'aiment ? Pourquoi a-t-elle toujours soif d'inaccessible, de portes à défoncer, de nouvelles personnes à séduire, de challenges à relever ? Alma lance son portable sur le lit. Incapable de voir ce qu'elle a déjà, encore moins de s'en contenter. C'est le défaut qu'elle partage avec beaucoup de petites filles gâtées, les cadeaux en moins, la rage en plus.

— Alma ? *Soy yo, Ale*[3]. Ouvre-moi, s'il te plaît.

Tout le problème d'avoir un chaperon avec soi : aucune échappatoire possible si ce n'est

1. « Appelle-moi s'il te plaît. »
2. « Gros bisous. »
3. « C'est moi, Ale » (diminutif d'Alejandra).

simuler le sommeil, or Alma a abusé du subterfuge toute la matinée. Elle ne s'est toujours pas habillée. Avec un tee-shirt et une culotte pour seuls vêtements, elle enfile son plus beau sourire pour ouvrir la porte. À bonne distance, Alejandra incline un peu la tête sur le côté en signe d'empathie, elle a tout du visiteur à l'hôpital qui craint l'état dans lequel il va trouver son malade. Son regard cherche des cernes sur le visage d'Alma, des traces de fatigue, mais à part ses bleus sur le bras et la jambe gauches, la belle a l'air d'aller bien. Alejandra est venue faire ses dernières recommandations. Elle s'en veut de devoir partir demain, mais elle a promis d'être présente sur le tournage d'un de ses poulains à Buenos Aires et ne peut manquer à sa parole, elle espère qu'Alma comprend. Elle espère qu'elle sera sage, qu'elle résistera à la tentation de regarder sur les réseaux sociaux ce qui peut bien encore se dire sur elle, qu'elle pourra se remettre de ses émotions et penser au script qu'elle lui a apporté et qui gît sur le dessus-de-lit.

— Tu l'as lu ?

— Pas encore, non.

Alma s'assied au bord du lit et écrase en partie le script sans y prêter attention.

— Et toi ?

— Bien sûr. Il est bon. C'est une opportunité qu'il ne faut pas négliger.

— La prod d'*Evita* t'a confirmé ?

Il fallait bien qu'Alma remette le sujet sur le feu avant son départ, à croire qu'elle aime se brûler. Alejandra s'assied auprès d'elle silencieusement, dégage le script coincé sous la fesse d'Alma et passe sa paume sur la couverture en guise de réparation. Puis elle rassemble ses mains entre ses genoux et prend l'air concentré d'une maman qui choisit ses mots avant d'expliquer la mort à son enfant.

— Alma, ils ne feront pas le film. Pas avec toi, je suis désolée.

L'enfant accuse le coup.

— Ils ont dit pourquoi ?

— Internet, la presse, trop de *bad buzz*. Ça tombe mal.

— Ça tombe mal ?? C'est ça, leur argument ? Quelle bande d'hypocrites ! Au contraire, ça les arrange bien, ils n'auraient pas supporté qu'une *Negra* joue leur madone.

— Le père d'Evita était Basque...

— C'est drôle ! Tu savais que, dans son cas à elle, c'est le père qui n'a pas voulu reconnaître sa fille au début ? Ç'aurait été intéressant !

— Alma...

— On a plein de points communs, Evita et moi, la famille de merde, la pauvreté, l'envie de se faire un nom, les débuts d'actrice, c'est juste... C'est tellement con !

Les yeux d'Alma sont deux flammes noires, sa bouche un trait dégoûté. Alejandra soupire, elle a toujours détesté cette partie de son travail, devoir annoncer aux acteurs qu'ils ne sont pas retenus. Tout le tact et la délicatesse du monde ne sont rien face à ces grands enfants déçus. De sa voix la plus douce, en faisant attention toutefois à ce qu'elle ne sonne pas compatissante, elle l'assure qu'elle aurait fait une superbe Evita, qu'elle le fera peut-être un jour, qui sait, elle se lance dans sa tirade sur les carrières qui se font et se défont, rappelle qu'elle en connaît beaucoup qui ont essuyé des coups durs avant de tutoyer les sommets, qu'elle n'est ni la première ni la dernière, qu'elle doit prendre son mal en patience et se concentrer sur les projets qui lui tendent les bras à l'heure qu'il est. Ce script, notamment. Elle ne dit pas que c'est le seul qu'elle a reçu et qu'Alma ferait bien de donner une réponse positive rapidement si elle veut tourner l'année prochaine.

— Et le bureau de Los Angeles ? Ils t'ont rappelée ?

La tirade réconfortante ne suffit pas, la belle est à cran. Elle l'a toujours été. Cette gamine l'épuise. C'est pourtant cette hargne, cette façon de ne jamais en démordre qui l'avait convaincue dans les couloirs de Telefe. Derrière une caméra, Alma est incendiaire, mais pour la gestion de sa carrière, elle est épuisante. La voilà qui fait les cent pas devant Alejandra et se lance dans son couplet sur les États-Unis : *Est-ce que tu te rends compte de l'audience de* Diosa *là-bas ? Est-ce que tu comprends qu'à Los Angeles je serais une* Latina y punto, *pas une Bolivienne mythomane ? Est-ce que tu te souviens qu'aux Golden Globes j'ai discuté avec Damien Chazelle et Reese Witherspoon ?* Alejandra la laisse parler. Elle pense à ce qu'elle a fait pour cette fille en tee-shirt et culotte qui veut lui apprendre le métier parce qu'elle n'est pas contente de la tournure des événements, à la succession de décisions qui ont fait d'elle une star récompensée, à l'endroit d'où elle vient, et elle n'arrive pas à lui en vouloir. Elle lui explique calmement, *les Américains, c'est différent, ils parlent beaucoup, complimentent beaucoup, mais pour le taux de transformation, c'est plus long*.

— Tu les as rappelés ou pas ?

— Tu ne me fais plus confiance ?

— Je ne sais pas. J'ai besoin de savoir si tu vas suivre la tendance et me mettre au placard, ou croire en moi et m'imposer. T'es mon agent.

— Alma, tu es peut-être en convalescence, mais tu n'es pas juste. J'en connais beaucoup qui auraient rompu tout contrat avec toi, motif : déloyauté. Moi je t'envoie ici pour que tu te reposes à l'abri des chiens, je négocie le report du tournage de tes scènes – tu n'as pas idée du merdier que ça a été ni de l'argent que ça coûte – et je décale tout mon agenda pour t'accompagner. Alors ne viens pas me dire que je ne fais rien pour toi.

— Je n'ai pas été déloyale.

Alma se colle contre la baie vitrée devant l'océan, au loin, qui n'arrête pas de ressasser. Elle tente de distinguer les petites gouttes qui, ensemble, forment cette immense nappe d'eau. D'innombrables gouttes différentes dans une même nappe. C'est fou la difficulté qu'ont les gens à comprendre qu'on peut se sentir étranger à sa famille. Jorge n'est pas plus son père maintenant qu'avant, Liliana n'est pas plus sa sœur.

— Lis le script. Sans t'énerver. Tu veux bien ?

— Je l'ai lu.

— Ah.

— Bien écrit.

— Et ?

— C'est exactement l'image de moi que je ne veux pas montrer. Une fille qui veut à tout prix sortir de sa *villa*[1] pour devenir top model, quitte à écraser sa famille sur son passage, tu crois vraiment que c'est judicieux ?

— Oui, justement. Le public connaît déjà ton histoire. Cette fois, il ne verrait que ton talent.

— Je ne peux pas.

— C'est dommage. Ce sera pour une autre.

— Personne n'est irremplaçable, c'est ça ?

— Personne, *linda*[2]. À ta place, je ne ferais pas la fine bouche.

1. Abréviation de *villa miseria*, bidonville.
2. « Ma belle ».

Alejandra se dirige vers la porte avec un peu trop d'empressement. Elle est soulagée, la discussion avec l'enfant capricieuse est terminée.

Alma se laisse tomber sur le lit, sous les larges pales qui brassent l'air tant qu'elles peuvent. Un souffle rafraîchit son front. La solitude a parfois du bon.

— On fait quoi M'man aujourd'hui ?

Il n'est que huit heures du matin. Claire avait misé sur le décalage horaire, mais l'excitation prend le dessus. Tout voir, tout faire, tout goûter, Clément ne tient pas en place dans cette maison dont il connaît à présent tous les recoins, de la salle à manger où le petit déjeuner est servi sous forme de buffet pour sa plus grande joie (jamais vu autant de fruits bizarres ni de pancakes aussi épais, mais impossible de trouver du Nutella), au jardin rempli de chats et de geckos, sans oublier le patio intérieur et sa piscine, la perle au centre de l'écrin. Les chambres, une dizaine, sont distribuées sur deux étages tout autour du patio, en forme de carré, comme un pénitencier. Clément a interdiction formelle de s'approcher de la balustrade qui surplombe le patio, une simple poutre sans protection, mais il ne se prive pas de courir comme un dératé sur son circuit carré.

Au rez-de-chaussée se trouvent les espaces communs et l'appartement occupé par la direction. La Casa da Mangueira est une maison d'hôtes familiale à la décoration exotique simple et soignée, tout y est blanc et végétal. Ce n'est pas la haute saison. Clément et Claire n'ont croisé qu'un jeune couple dans la salle à manger ce matin, deux touristes américaines parlant fort et deux Allemands en chaussettes dans leurs Birkenstock malgré le climat tropical. Et la fille de la télé. Si elle est encore là. Clément ne l'a pas revue depuis avant-hier, le jour de leur arrivée. Elle dormait à côté de la piscine, puis elle a disparu. Clément a demandé à sa mère s'il pouvait aller lui parler, mais elle lui a dit que c'était interdit, que les actrices détestaient être dérangées en vacances, et qu'elle ne parlait pas français de toute façon. Sa réponse l'a rassuré. Un court moment, il s'était demandé si sa mère savait qu'elle serait là et si elle n'avait pas choisi cet endroit exprès pour la voir, mais elle semble plutôt anxieuse de la croiser. Lorsqu'ils sortent de leur chambre, elle regarde à gauche et à droite dans le couloir comme un piéton craignant les voitures, avant de fermer d'un tour de clé la porte en bois blanc. Lorsqu'ils arrivent dans la salle à manger, elle jette un regard circulaire sur les tables occupées alors que lui n'a d'yeux que pour le buffet. Il faut de nouveau lui poser deux fois la même question avant qu'elle réponde. Elle dit que c'est à cause du décalage horaire et du voyage, mais Clément, lui, n'est pas fatigué du tout. Il a hâte que sa mère soit en pleine forme pour pouvoir jouer au foot sur la plage, manger des glaces au village, refaire du buggy dans les dunes, aller voir d'où viennent ces chants qui résonnent en fin de journée. C'est super, le Brésil, mais pour l'instant il n'en a vu qu'une piscine et sa mère n'y a pas encore trempé le moindre orteil.

— M'man… on fait quoi aujourd'hui ? On pourra aller se baigner ? Dans l'océan ?

— On va y aller, Clem, c'est promis. *[Claire se retourne vers la porte d'entrée, il lui a semblé entendre un bruit. Ce n'était que le chat.]* Tu sais quoi ? En fait, on n'a qu'à y aller maintenant si tu veux, à cette heure-là, on aura la plage pour nous.

— Je prépare le sac !

Le risque est faible de croiser Alma à la plage si tôt. Claire pourra se baigner sans crainte, elle en crève d'envie depuis son arrivée. Jusqu'à présent elle n'a aperçu Alma qu'à la piscine le premier jour pendant la sieste, et hier soir, alors que la brune quittait l'hôtel accompagnée d'une autre femme. Claire aurait dû l'aborder la première fois, les conditions étaient idéales, elles auraient été seules, Clément occupé à jouer dans l'eau. Elle n'a pas osé franchir le pas. Pas prête. Pas de scénario assez précis en tête. La trouille. La petite voix intérieure est de retour :

Et maintenant tu fais quoi, hein ? T'as fait quinze mille bornes, vidé ton livret A, menti à ton fils, et puis ? Prévoir ce qu'il ne faut pas dire, imaginer ce que ferait la Diosa *à ta place, ça ne suffit plus. Toi, tu vas lui dire quoi ? Que tu ne peux pas te passer d'elle ? Parce que dans le fond, avoue, c'est pas juste pour le boulot que t'es venue. T'es venue ici pour quoi, hein, pour quoi ? Et elle, tu crois qu'elle en a quelque chose à faire de toi ? Que tu vas pouvoir lui expliquer ? Qu'elle ne va pas te rire au nez ?*

Si ça se trouve, l'assistant de son agent s'est trompé, ou elle a raccourci son séjour, et elle n'est plus ici. Ou bien elle a changé d'hôtel pour une chambre plus luxueuse. Oui, Alma est peut-être partie et tout cela n'aura servi à rien. C'est peut-être mieux ainsi. Peut-être que le manque de courage a ses vertus, qu'il faut laisser les choses se faire toutes seules.

— J'arrive Clem, j'arrive.

Tem areia
Il y a du sable
Tem areia
Il y a du sable
Tem areia
Il y a du sable
No fundo do mar
Au fond de la mer
Tem areia
Il y a du sable
No fundo do mar tem pedra
Au fond de la mer il y a une pierre
Debaixo da pedra tem areia
Sous la pierre il y a du sable
Onde mora Iemanjá[1] *minha mãe*
Où vit Iemanjá ma mère

1. Déesse de la mer et mère des orixás (divinités afro-américaines originaires d'Afrique). Iemanjá est invoquée pour protéger les pêcheurs, ainsi que les mères et leurs enfants.

Minha mãe, minha sereia,
Iemanjá, linda sereia
Ma mère, ma sirène,
Iemanjá, belle sirène

Clément tire sur la manche de sa mère.

— Regarde ! T'as vu ? C'est ça qu'on entend tous les soirs !

Le soleil vient de tomber dans l'eau. Tout le village est venu assister au coucher du roi, du haut de la dune principale, motte de beurre frais tartinée sur l'immense plage à marée basse. Le rendez-vous de tout Jericoacoara. Les touristes, fringues fluo trop courtes sur peau trop bronzée, partagent le spot avec les vendeurs ambulants de cocktails de fruits fraîchement pressés. Au dernier rayon orangé, ils ont tous applaudi, puis ils ont dévalé la pente de sable sur les orteils ou sur les fesses, une GoPro ou un verre en plastique rempli de caïpirinha à la main. Clément a hurlé *banzaï !* avant d'attraper Claire et de foncer la tête la première vers l'océan, les yeux plissés pour éviter les giclées de sable.

Ses tongs dans une main, Clément s'enfonce dans le sol devenu frais et court vers l'attroupement qui enfle au fur et à mesure que résonne le berimbau. Claire regarde les petits mollets légèrement hâlés gambader devant elle, les mèches de cheveux collés par le sel qui s'agitent autour de son crâne. Ils ne sont repassés à l'hôtel qu'en début d'après-midi pour tomber dans un sommeil immédiat, la tête pleine de lumière, de vagues et d'heureuse fatigue après cette matinée de jeux au paradis. Clément s'est écroulé sur son lit en souriant. Claire a redécouvert la musique de son rire, son bavardage, sa faculté à s'émerveiller. C'est la première fois qu'ils forment un tel duo, deux vacanciers au cœur léger, heureux de se retrouver, libres de toute contrainte. Quand ils ont rouvert les yeux, engourdis par une sieste trop longue, le réveil affichait dix-sept heures passées. Clément a demandé s'ils pouvaient retourner sur la plage, avec le ballon de foot cette fois. Claire est sortie dans le couloir pour regarder par-dessus la balustrade : au bord de la piscine, juste le couple d'Allemands sans leurs chaussettes, c'est tout. Va pour la plage. Mère et fils ont repris le chemin sablonneux qui traverse le village de bout en bout, les restaurants se faisant de plus en plus nombreux à mesure que la mer se rapproche, la musique de plus en plus forte. Plusieurs groupes s'installent sur la grande place carrée et font leur balance pour les concerts du soir, les enceintes des bars crachent quelques accords de guitare et les voix s'échauffent, promettant une joyeuse cacophonie de samba et de bossa. En passant devant les terrasses, Clément regarde les clients manger leurs sandwichs, pour certains c'est une glace, d'autres encore sont au stade de l'apéritif, il n'y a plus d'heures, ici, c'est les vacances tout le temps, pour tout le monde. Il a repéré plusieurs garçons torse nu et vêtus d'un pantalon de toile blanc qui marchent comme eux en direction de la plage, tenant des arcs bizarres dans leurs mains. Des grappes de vacanciers débarquent à chaque coin de rue, le duo mère-fils se fond dans le cortège qui pointe vers la dune pour honorer ce rituel crépusculaire qu'ils ignoraient jusqu'à présent.

Tem areia
Il y a du sable
Tem areia
Il y a du sable

Clément se faufile à travers les spectateurs qui marquent mollement le rythme par un balancement de tête, comme de mauvais danseurs en attente sur le bord de la piste. Les petits devant. Parvenu au premier rang des curieux, il comprend. Ce n'étaient pas des arcs bizarres, mais des instruments de musique, ce n'étaient pas des garçons en pyjama blanc, mais des danseurs, à moins que ce ne soient des judokas sans veste, à cause de la chaleur ?

— Tu vois Clem, ça, c'est de la capoeira, un art martial brésilien. Un peu comme le karaté que tu fais toi, mais avec de la musique.

Clément ne répond pas, médusé par le va-et-vient des deux combattants qui se toisent en rythme au centre du cercle, entourés d'autres torses nus aux pantalons blancs qui chantent, tapent sur une sorte de grand tambour, et jouent de leur arc étrange. Un combat qui se danse, il n'en a jamais vu. Les deux garçons s'affrontent du regard et font basculer leur poids d'une jambe sur l'autre, en miroir. Ils chantent et se répondent sur une mélodie enlevée, mais un peu triste, reprise par le chœur. L'atmosphère est recueillie. Les vagues se sont dérobées au loin, la lumière du jour s'efface, celle des paillotes dessine la baie en pointillé comme des lumignons dans une église à mesure que la nuit perce. Clément ne sait pas bien s'il assiste à un spectacle ou à une cérémonie religieuse en plein air, à un duel ou à un jeu, il attend, il observe. Les deux garçons au centre du cercle se jaugent, mais semblent être les deux moitiés d'un tout. L'un d'eux fend soudain l'azur de sa jambe et enchaîne avec une acrobatie aérienne, Clément n'en revient pas, les pieds frôlent la tête de son adversaire qui répond de même, et tout se succède avec une facilité déconcertante. Le chœur accélère le rythme puis le ralentit au gré des figures esquissées par les deux pyjamas blancs, Clément peut sentir l'écho des percussions pénétrer ses os. Une célébration, c'est probablement ce qui se trame sous ses yeux.

— C'est beau, non ?

Claire s'agenouille pour regarder à la même hauteur que Clément. La musique ne s'interrompt jamais, mais les danseurs alternent au centre, toujours par deux, encouragés par les spectateurs agglutinés tout autour, groupe hétéroclite composé d'enfants qui frappent dans leurs mains, de jeunes qui chantent, de touristes novices et d'habitués en transe.

No fundo do mar tem pedra
Au fond de la mer il y a une pierre
Debaixo da pedra tem areia
Sous la pierre il y a du sable
Onde mora Iemanjá, minha mãe
Où vit Iemanjá, ma mère

Dans ce cercle, en face de Claire et de Clément, assise à même le sable les genoux enlacés de ses bras, il y a Alma, une casquette enfoncée sur la tête. Entre deux acrobaties au centre, son regard rencontre celui de Claire. Alma reconnaît la fille de la piscine et son petit garçon, elle leur adresse un rapide sourire.

Minha mãe, minha sereia,
Iemanjá, linda sereia
Ma mère, ma sirène,
Iemanjá, belle sirène

Le liquide sucré et épais poursuit sa dégringolade et dévale le cornet ramolli pour se coller entre les doigts de Clément. Ça poisse. Il donne quelques rapides coups de langue tout autour de la boule de sorbet pour l'empêcher de trop se déliter. Ça fond tant que ça peut. Seul, avec pour unique distraction sa glace qui fond au soleil, et qui n'a pas le goût espéré. La douceur du sucre ne prend guère le pas sur sa déception. Il aurait dû prendre orange amère, ç'aurait été plus cohérent. Clément donne des petits coups de pied dans la terre battue, par dépit. Ça ne sert à rien, sa mère ne le regarde pas, elle est déjà plusieurs mètres devant, avec l'autre. Clément voit leurs profils se parler, accaparés par leur nouvelle complicité. Cela fait trois jours qu'il se gave de glaces, sa mère insiste pour lui en offrir à l'hôtel lorsqu'ils se retrouvent dans le patio, chez l'un des glaciers de la grande rue, lorsqu'ils vont saluer le soleil depuis la dune, et même après le restaurant sur le chemin du retour. Il aura bientôt goûté tous les parfums, mais son préféré reste celui qu'il a choisi le premier soir, après la capoeira. Quand le combat s'est achevé, la nuit a rempli le silence et le groupe a entamé sa dispersion sur la plage et dans les ruelles du village. Ce soir-là, Alma a fait un petit signe à Clément, qui a regardé sa mère d'un air interrogateur, guettant son autorisation pour lui rendre la pareille. Quand il a retourné la tête, la brune était déjà là.

— *You liked it ? You're so cute*[1] *!*

Clément a esquissé un sourire un peu gêné et a baissé les yeux pour toute réponse. Claire a reculé d'un bond, malgré elle, de surprise. Cette voix, ici. Ce n'est pas tous les jours qu'une image sort d'un écran pour vous parler. Alma n'est pas tellement plus grande qu'elle. Elle est en trois dimensions, elle sent la vanille, porte une tunique longue qui n'a rien à voir avec les codes vestimentaires de la série et une casquette. Sous la visière, Claire reconnaît les yeux noirs dans lesquels elle s'est tant de fois plongée. Elle est troublée de l'entendre parler anglais, elle n'y avait même pas pensé. Elle baragouine en retour, *sorry, he does not speak English*[2]… La brune tente de

1. « Tu as aimé ? T'es tellement mignon ! »
2. « Désolé, il ne parle pas anglais… »

deviner : *Are you Danish ? German*[1] *?* Claire a une petite fierté involontaire au coin de la bouche en répondant : *French*[2] *!* Alma s'extasie en forçant son accent : *Oh, la France !* Non elle ne connaît pas, elle n'a jamais été si loin. Elle vient de Buenos Aires, Argentine. Claire en fait des tonnes, *un pays magnifique aussi, je crois*. Alma n'embraie pas, elle admet qu'elle connaît assez mal son pays, qu'elle avait besoin de dépaysement, et, ajoute-t-elle sur un ton plus grave, de calme. Claire se veut enthousiaste. *C'est le bon endroit, alors !* Puis c'est le blanc. Elle ne sait quoi ajouter, mesure son incapacité à créer du lien, se voit rentrer à l'hôtel, prendre son fils et ses valises pour retourner à Paris dans la foulée, regarde Alma, invoque l'aide de la *Diosa*, prend une grande inspiration. *Vous travaillez dans quel domaine ? Si ce n'est pas trop indiscret.* La brune hésite un peu, se découvre déçue de n'avoir pas été reconnue. *Je suis actrice. Séries télé, surtout. Vous connaissez peut-être la série* Diosa *?* Claire joue l'étonnée, s'interdit de trop en faire. *Non, ça ne me dit rien… mais je ne suis pas très télé, je suis désolée.* La main d'Alma balaie l'air en se voulant indifférente. *Non, du tout, au contraire. Ça me change, surtout en ce moment.* Elle lui sourit. Claire voit les épaules d'Alma s'affaisser d'un coup. Son corps semble respirer plus

1. « Vous êtes Danois ? Allemands ? »
2. « Français ! »

profondément. C'est le bon moment. *Vous prenez des vacances avant de tourner ?* Alma décapite sa question d'un geste de la main. *Cette série ? C'est terminé.* Les premiers concerts ont commencé sur la grande place du village, la musique couvre le ressac. *Et vous, vous faites quoi dans la vie ?* Claire ne peut pas s'empêcher de croiser ses doigts le long de sa cuisse, elle a huit ans à tout casser. *Moi ? Je suis psy. Psychologue. Pour enfants.* Alma semble sincèrement intéressée. *Vrai ? C'est bien, ça, travailler pour les enfants.*

Avec son ballon sous le bras, Clément s'impatiente. Claire prend sa petite main dans la sienne. Si elle peut sentir les grains de sable sous ses pieds et entendre les échos de la bossa, si elle est venue jusqu'à cette plage brésilienne, c'est grâce à Alma. Si elle a un travail qu'elle aime, si elle avance dans la vie avec un nouveau regard, si elle se découvre audacieuse, c'est grâce à cette fille. Si elle veut que ça dure, ce doit être grâce à elle.

— On allait manger un morceau au village, ça vous dit de venir ? Si vous n'avez rien d'autre de prévu, bien sûr.

Alma pose sur Claire et Clément le même regard qu'un passager de long courrier qui détaille son futur voisin avant de répondre.

— Non, rien de prévu… J'avais une amie avec moi, mais elle a dû partir. Avec plaisir. Au fait, je suis Alma.

— Ravie. Moi, c'est Claire. Et lui, Clément.

C'est ce soir-là que s'est formé le trio et que le gavage de glace a commencé. Depuis, Clément n'est plus vraiment seul avec sa mère, il y a la brune, et cette langue qu'il ne comprend pas. Clément soupire, jette le cornet à terre et court les rattraper.

« Alma, c'est Manu. J'imagine que tu ne vas pas me rappeler. Je ne sais pas si c'est parce que tu ne vas pas bien ou si c'est parce que tu t'en fous, si je dois m'inquiéter pour toi ou avoir pitié. Peut-être que Lili a raison, que t'en as vraiment rien à foutre de nous. T'es ma sœur, je te rappelle. »

D'un coup, le ronronnement du frigo l'angoisse, un nuage dehors ternit la lumière, l'air est plus lourd, la pièce inhospitalière. C'est bizarre, quand un amour qu'on croyait inconditionnel vacille. C'est la première fois que Manuel emploie ce ton et Alma a l'impression d'être punie. Elle pensait que son grand frère lui serait à jamais acquis, elle découvre que le fossé entre eux s'élargit. Elle n'a pas envie pour autant de le rappeler, elle n'est pas capable de tendre la main, elle ne sait que prendre. Son portable est juste là, ce serait facile, mais ses bras pèsent une tonne et ne veulent pas bouger. Alors elle lui parle à haute voix, allongée sur le lit double de sa chambre brésilienne, comme lorsqu'elle était petite sur son matelas et qu'elle parlait à ses familles imaginaires. *Je vais bien, Manu, ça va. Faut pas que tu t'inquiètes. J'aurais pas dû prendre la voiture, c'est tout. Quand tu m'as réveillée, avec les résultats dans ta voix, t'avais l'air tellement heureux, tellement soulagé. Moi j'étais horrifiée. Tout, autour de moi, absolument tout, m'a paru insupportable : le chiffre sur l'écran, ta voix au téléphone, ma gueule dans le miroir, mon corps sur la chaise, mon déni dévoilé. J'ai manqué d'air, j'ai voulu partir le plus loin possible, m'éloigner de tout ce qui pourrait me rappeler à vous, j'ai conduit trop vite, j'ai pas regardé, j'ai eu de la chance. L'idée de faire passer l'accident pour une tentative de suicide, ça m'est venu à l'hôpital, pour les médias. Pour apitoyer un peu. Merde, après tout le bordel que vous avez mis dans ma vie, j'ai bien le droit de prendre une petite part de lamentations. Ici, ça va. C'est calme. Beaucoup trop. Alejandra ne fera rien de plus pour moi, mais je n'ai plus besoin d'elle. Quand j'aurai terminé le long métrage que vous avez saccagé, j'irai à Los Angeles. Trouver un nouvel agent. Redémarrer. Tu me diras la tête que fera Lili, qu'ils feront tous, quand je tournerai là-bas. T'en fais pas pour moi. Est-ce qu'on s'inquiète pour les cactus ?*

Alma pose une main sur son ventre. Elle ne parle pas de la petite boule tapie là, sous le nombril, une petite boule ou un nœud, elle ne sait pas bien. Cette chose est apparue le lendemain de son arrivée à Jericoacoara, du moins c'est ce jour-là qu'elle en a pris conscience. Elle l'oublie dans la journée, lorsqu'elle est en compagnie de la Française et de son fils. Mais la chose revient, surtout le soir. Alma a toujours été solitaire, elle a toujours rêvé d'habiter seule, mais maintenant c'est impossible, quand elle est seule il y a cette chose. De l'appréhension, c'est peut-être ça. De la peur ? On n'a pas peur quand on grimpe, elle est partie de tout en bas, elle est montée très haut. Est-ce qu'elle risque de chuter ? Alma appuie fort sur son ventre pour faire taire la chose. Le frigo poursuit sa plainte lancinante. Elle s'extirpe du lit et arrache la prise d'un coup sec.

Rendez-vous à quinze heures dans le patio, c'est Alma qui lui a proposé. Claire a senti le sang refluer de ses joues et son front se consteller de microgouttes de transpiration, comme une gamine invitée par le chanteur de son groupe de rock préféré à l'issue d'un concert, pas moins. Elle a tenté de masquer ce trouble en jouant l'opposé, se contentant d'un *sure, why not*[1] se voulant neutre, avec une pointe de détachement. Totalement puéril. Depuis leur premier dîner au village, elles n'ont cessé de se recroiser, comme si le hasard qui les avait maintenues isolées jusqu'à présent venait soudainement de changer d'avis, que la capoeira de l'autre soir avait initié leur rapprochement, que le destin jouait à les pousser dans les pattes l'une de l'autre, au petit déjeuner, à la réception, sur la plage, à la piscine. L'étonnement

1. « Bien sûr, pourquoi pas. »

(décidément, encore toi !) a cédé la place aux conseils (*il faut absolument que vous goûtiez le maracuja*). Mais qu'Alma lui donne rendez-vous, c'est encore différent. C'est la première fois qu'Alma fait une démarche volontaire, qui confirme qu'elle se sent bien en sa compagnie. La première fois, depuis deux ans, que Claire n'est plus seule à agir dans leur singulière relation.

Claire sort une pastèque du frigo nain encastré sous la plaque électrique pour préparer le déjeuner. Elle a besoin de faire quelque chose de ses dix doigts pour se remettre les idées en place. Trop d'émotions en quelques jours, ses rêves sont hachés, étranges. Des photos très nettes et colorées de la journée qui s'achève se superposent à une sensation d'angoisse sourde et compacte, elle a du mal à s'en souvenir précisément, mais ces tranches de nuit ne la quittent pas pour autant, bien au contraire, la difficulté à se les remémorer ne fait que les amplifier. Le ronronnement du frigo s'ajoute à celui de la climatisation. Ici, entre le silence et la fraîcheur, il faut choisir. La lame du couteau perce l'écorce vert foncé, du jus se répand sur le plan de travail. Pendant toute la durée du dîner qui a suivi leur rencontre après la capoeira, Claire s'est dit *elle va me reconnaître*. C'est stupide, Alma n'a jamais entendu parler d'elle, pourtant cela ne peut être autrement. Est-ce qu'Alma n'entend pas leurs timbres de voix ? Même en anglais, avec des accents différents, c'est flagrant. Est-ce qu'en la voyant pour la première fois, Alma n'a pas ressenti la même émotion que lorsqu'elle lui est apparue en tailleur crème sur l'écran du studio ? Comment peut-elle ne pas voir, ne pas entendre, ne pas ressentir cela ? Claire a passé la soirée scindée en deux. Une partie d'elle légère, discutant et riant, attablée en terrasse au son de la bossa, et l'autre n'arrêtant pas de se questionner, d'analyser, de se demander quand la brune la démasquerait. Si seulement elle la démasquerait. Une crainte autant qu'un souhait. C'est le regret qui l'a emporté, lorsqu'elle s'est allongée sur son lit après avoir couché Clément qui tombait déjà de fatigue depuis la fin du repas. Alma n'a rien reconnu. Claire se dit qu'elle a bien fait de ne pas révéler qui elle est ni ce qu'elle fait. Psy pour enfants, c'est très bien. Toujours privilégier le mensonge, cette illusion d'avoir une longueur d'avance sur l'autre. Alma ne s'en est pas privée. Un point commun de plus. Elle a quelque peu enjolivé sa carrière en se présentant à Claire, pour l'impressionner. Si elle savait. Elle doit trouver qu'être psy en impose. Si elle ne s'étend pas sur sa vie privée – Claire a bien remarqué que ses tentatives se sont le plus souvent heurtées à une porte fermée –, elle peut s'avérer bavarde lorsqu'il s'agit de son métier. Alma a détaillé ses tournages et ses projets, notamment le biopic d'Evita qu'elle dit hésiter à tourner pour des raisons d'agenda, Hollywood la sollicitant pour un autre film dont elle ne peut divulguer le titre ni le réalisateur, trop connu, *désolée, c'est le cinéma*... Claire l'a écoutée avec indulgence déformer la réalité, admirant sa façon de faire. À plusieurs reprises, Claire a bien failli l'arrêter : *Faut que je te dise, je ne suis pas psy, non, j'ai dit ça parce que tu es encore fragile – oui, je suis au courant du geste que tu as commis –, mais je suis ta doubleuse, ta voix en France, dans* Diosa, et elle lui aurait cité des phrases du dernier épisode de la dernière saison, Alma aurait écarquillé les yeux et dit *c'est pas vrai ! Je peux pas le croire ! Mais bien sûr, je savais qu'il y avait un lien, quelque chose entre nous, comme une sœur étrangère !* Et elles auraient continué à parler de la série, des épisodes, des tournages, de Nacho, l'autre personnage récurrent de *Diosa* avec qui Claire aurait bien aimé qu'il se passe un truc, Alma aurait ri, *Nacho !* No *! Un très mauvais coup, si tu savais*, et elles auraient poursuivi leur conversation ainsi, en complices, dans la joie de se découvrir, ou plutôt de se retrouver. Si seulement Claire pouvait connaître l'importance qu'elle commence juste à prendre dans l'esprit d'Alma. Est-ce que l'on sait jamais la place que l'on tient dans le cœur des autres ? Est-ce qu'il arrive qu'elle soit identique à la place qu'on leur donne ?

Claire enfonce la lame dans l'énorme ballon vert, la chair rose pétard se fend dans un bruit sec, les deux moitiés du fruit roulent sur l'extérieur avant de se stabiliser. Alma ne l'a pas reconnue, non, mais Alma lui a donné rendez-vous. Claire taille des petits morceaux dans la pastèque éventrée et sort les restes du poulet acheté la veille. Elle attrape les deux assiettes qui attendent sur l'égouttoir et les pose sur le bar.

— Tu viens manger, Clem ?

Claire enfile une robe par-dessus son maillot. Quinze heures. Il ne faut pas traîner.

Étendue sur le dos, Alma sent sa peau cuire au soleil. Elle se tient là, dans une immobilité totale, le visage sérieux, concentrée sur le fait de ne rien faire, comme si le moindre mouvement risquait de perturber son bronzage.

Assise sur le transat voisin à l'ombre, Claire n'en finit pas de relire la même page de son livre. Elle se demande comment Alma peut tenir comme ça, en plein cagnard, elle hésite à retirer sa robe pour avoir moins chaud, jette un œil sur le ventre ultraplat de sa voisine puis se ravise. Du bout des lèvres, Alma rompt le silence.

— Vous voyagez souvent comme ça, tous les deux, mère et fils ?

Claire repose son livre sur la petite table en rotin qui les sépare.

— Pas souvent, non. C'est la première fois qu'on part si loin. Les voyages, il les fait surtout avec son père.

— Divorcée ?

— Oui. *[Claire arrache machinalement une petite peau morte au bord de l'ongle de son pouce.]* Ça va faire trois ans.

— Ah. Ça ne doit pas être facile.

— On est restés en bons termes. Ce qui veut dire qu'on s'évite le plus possible. *[Claire cale ses mains sous le tissu moite de sa robe.]* Et toi ? Tu as quelqu'un ?

— Oui. *[Alma repositionne la bretelle de son maillot pour éviter une marque disgracieuse.]* Mais personne en particulier.

Claire sourit en repensant aux histoires de cœur que les sites de fans et la presse people lui ont prêtées et dont elle avait fini par perdre le fil.

— C'est la première fois aussi que tu viens en vacances ici ?

— Oui. Mon agent s'est occupée de tout. *[La brune cherche à tâtons le tube de crème sur la table.]* Depuis l'accident, de toute façon, je ne fais rien.

— Un accident ? *[Claire se demande si elle a pris la bonne intonation. Il y avait peut-être un peu trop de surprise dans sa voix pour sonner juste.]*

— Rien de grave. *[La crème est un peu liquéfiée par le soleil et sent fortement la vanille. Alma l'étale avec soin.]* Mais il a fallu interrompre le tournage.

— Ah, je ne savais pas... *[Pathétique. Claire se trouve pathétique.]* Et ça va mieux ? *[Elle se tourne vers Alma.]* Comment tu te sens ?

— En pleine forme ! *[Elle lâche le tube sur la dalle brûlante.]*

— Tu vas pouvoir retravailler alors, c'est formidable. Ça doit te manquer. *[Trop rapide, Claire s'en veut.]*

— Je vais peut-être faire une pause. Je ne veux pas faire de mauvais choix de carrière.

— Pourquoi est-ce que tu en ferais ? *[Claire sent une goutte de sueur dévaler le long de sa tempe.]*

— J'ai eu des… quelques démêlés. Avec les médias. Des histoires de famille, des bêtises.

Claire hésite. Cette façon si neutre de parler de tout ça, presque froide, comment fait-elle ?

— Les médias, ça s'emballe vite, mais ça ne dure pas longtemps. Ça arrive à beaucoup d'acteurs, il ne faut pas que ça t'arrête. Au contraire. Il faut que tu rentres et que tu ne lâches rien. *[Un sentiment de déjà-entendu.]*

— C'est drôle.

— Quoi ?

— Rien. C'est ce qu'aurait pu dire mon personnage, dans ma série.

— Ah ? *[Claire se mord la joue.]* C'est quoi, ton rôle ?

— Une avocate qui ne lâche rien, jamais.

— C'est une belle qualité.

— Tout le monde ne voit pas ça comme ça.

Claire regarde Alma. Aucune transpiration apparente. Du marbre.

— Je ne connais pas vos histoires de famille, mais ça ne peut pas s'arranger, entre vous ? *[Le visage de Sylvie vient flotter devant ses yeux.]*

— Je ne pense pas non. Ce qu'on fait, il faut le faire bien du premier coup.

— C'est un peu extrême, non ? Tu ne crois pas au pardon ?

— Je ne crois pas, non.

Le sujet est clos, Alma a esquissé une gifle dans l'air comme pour en chasser l'idée avant de recaler son bras le long de son corps. Malgré la chaleur, un frisson parcourt Claire. Les filles entendent Clément qui joue à retenir sa respiration sous l'eau. Une apnée commune.

— Il est mignon ton fils. *[Alma se revoit au même âge, cet enfant lui fait penser à elle lorsqu'elle était petite. Elle revoit les voisins se moquer d'elle dans le* conventillo, *Manu qui la défendait toujours.]*

— Il est assez solitaire. Fils unique. Comme moi. Mon père est mort depuis longtemps. Ma mère il y a deux ans. *[Claire se demande pourquoi elle s'est sentie obligée de compenser la résistance d'Alma à parler d'elle en déballant sa nécrologie familiale, comme ça, entre deux couches de crème solaire.]*

Alma se redresse, son bras en travers de sa poitrine, et se tourne vers Claire.

— Je suis désolée. *[La brune reste un instant à la regarder. Elle l'observe comme si elle la voyait pour la première fois.]* Tu es très courageuse.

— Moi ? *[Claire s'empourpre de honte devant ce compliment usurpé.]*

— Oui. Ça n'a pas dû être facile pour toi, avec le divorce, ta mère… *[Claire hausse les épaules. Elle sent son plexus se comprimer. Elle a envie de pleurer.]* C'est parce que tu es psy, tu n'as aucun mérite en fait !

— Voilà ! *[Claire ne reconnaît pas sa voix.]* Et puis j'ai été bien aidée.

— Par quoi ?

— Par une amie.

— Ah. *[Alma reste silencieuse un moment.]* C'est bien aussi.

Clément annonce fièrement qu'il a tenu douze secondes sous l'eau. Douze secondes seulement, et Claire a le sentiment de tout lui avoir dit.

La brune rattache les bretelles de son maillot avant de descendre les marches carrelées de bleu et de s'immerger dans l'eau. Sur son transat, Claire a repris son livre et se planque derrière la couverture. Elle a besoin d'une contenance, d'un paravent. Peut-être aussi d'un bouclier.

Un à un, les vêtements tombent de leurs cintres pour s'échouer sur le lit. Alma sort l'intégralité de ses affaires de la penderie, décidée à tout essayer, pour tuer le temps. Du sable et du temps : voilà ce que Jericoacoara lui offre à chaque réveil depuis une semaine. Derrière sa baie vitrée qui donne sur l'océan, Alma a le sentiment d'être prisonnière d'un sablier. Aucune tenue ne convient, elle n'a même pas pu faire sa valise correctement. À sa sortie de l'hôpital, plusieurs paparazzi attendaient déjà au bas de son immeuble, c'est Alejandra qui est montée récupérer quelques affaires avant qu'elles reprennent la route pour l'*Aeroparque*[1]. Elle aurait dû dire à Alejandra de prendre un livre, et son carnet bleu, celui où, chaque jour, elle note ce qu'elle a fait de nouveau ou de différent. Elle n'a pas pu y écrire quoi que ce soit depuis le

1. Aéroport de Buenos Aires.

matin de l'accident. Le carnet bleu se trouve encore dans son appartement de Palermo Hollywood, probablement ouvert sur sa table de chevet, à portée de main, ou sur son bureau à côté de l'ordinateur et d'une tasse de café à moitié vide. Sur ce carnet, elle est encore Alma Arenales, elle a encore un gigantesque point d'interrogation pour origine qui lui ouvre les portes de tous les possibles. Le carnet bleu s'arrête là. Il ne consigne pas le stagiaire imberbe ni les cachets pour dormir pendant tout le vol pour Fortaleza, l'arrivée comateuse au village, l'effondrement sur ce lit dans une maison d'hôtes choisie par Alejandra pour sa discrétion, le réveil sous ce ventilateur aux larges pales, avec ses affaires rangées dans la penderie. Des instantanés en pagaille, des flashs, des sensations fugaces, mais sans le carnet, aucun contenu valable. Le carnet, c'est un cadeau de Lena. Elle lui avait offert le tout premier pour ses quinze ans. *À chaque fois que tu fais quelque chose d'inhabituel, note-le là-dedans. À la fin, tu verras comme ta vie a été riche*. Ça l'avait marquée. Une vie riche, voilà très exactement ce qu'Alma voulait, une vie non répétitive, une vie faite de mots en « ex », extraordinaire, excès, exaltation, exigence, exclamation, exploit, une vie exceptionnelle. Et Lena avait raison, le carnet était magique. Sans lui, les choses se contentaient de passer, elles ne prenaient de la valeur qu'une fois couchées sur le papier. Alors les choses devenaient visibles, on pouvait les dénombrer. Grâce au carnet, Alma peut tenir une comptabilité de sa vie, mesurer sa valeur et chercher à l'accroître. Cette habitude toute simple a contribué à développer ses aspirations. De gourmande, elle est devenue insatiable. Toujours plus. La gamine du *conventillo* ne limitera pas son horizon, elle ne se contentera pas du chemin tracé par Jorge et Romina.

Les vêtements d'Alma recouvrent le sol, chaque essayage lui arrache des moues sceptiques. Il faut qu'elle sorte. Elle n'en peut plus de cette cage exotique, de cette bossa sans fin, de cette *saudade* belle à crever, mais qui finira par avoir raison de sa force vitale, Claire n'a pas tort. Claire tombe souvent juste, à croire qu'elle lit en elle. Cette fille l'intrigue. Discrète, attentive, elle surprend par sa repartie. Elle est en vacances, mais elle a l'air perpétuellement sur le qui-vive. Elle voyage avec son fils, mais elle respire la solitude. Il y a une partie d'elle qu'Alma n'arrive pas à cerner, une profondeur qu'elle aimerait atteindre. Une douleur qu'elle a envie de creuser. Peut-être parce que Claire ne se lasse pas de ses récits de tournage ? Peut-être parce qu'elle est étrangère et psychologue ? Parce qu'elle est mère, ou qu'elle est orpheline, comme elle finalement. Peut-être parce que, malgré tout ce qui les différencie, elles ont en commun cet endroit sombre qui affleure lorsqu'elles se regardent. Des éclats de rire remontent du patio, Alma reconnaît les voix nasales des deux touristes américaines. Elle se dit qu'elle n'a jamais eu d'amis à qui se confier. Elle a toujours tout cloisonné. Ça ne lui a jamais manqué. Si quelqu'un l'intéresse, c'est parce qu'il lui apporte quelque chose – affection, réseau, distraction – ou qu'il répond à un manque, réel ou fictif. L'amitié, ce n'est qu'un échange de bons procédés maquillé d'inutiles sourires. Alma se demande ce que peuvent bien lui apporter la psychologue française et son fils dont elle se surprend à chercher la compagnie.

Aucune tenue ne va. Alma enfile sa sempiternelle tunique blanche, glisse ses lunettes noires sur son nez et enfonce la casquette aux couleurs de River Plate sur sa tête, celle qu'Alejandra lui a achetée à l'aéroport, provocation gratuite à l'intention de sa famille avant d'embarquer. Il est onze heures, elle croisera peut-être Claire et Clément à la piscine sur le chemin, ils pourraient déjeuner ensemble. Ça la changerait du room service en solo dans sa chambre. Pas question de manger seule au village, avec les regards en biais des autres touristes, les messes basses réelles ou non, elle ne serait pas tranquille. Elle s'est déjà fait repérer par un petit groupe de touristes espagnols qui réclamaient un selfie et qu'Alma a ignorés. Elle devrait réserver une excursion au Parque Nacional dos

Lençóis Maranhenses. Alejandra lui a dit que sinon, ce serait comme d'aller à Paris et de rater la tour Eiffel, pourtant il ne s'agit que de dunes de sable et de lagunes, Alma s'estime déjà largement servie ici. Mais Clément avait envie d'y aller, Claire se laissera tenter. Alma jette un coup d'œil à la piscine, inoccupée. Vue d'en haut, depuis la balustrade, la goutte bleue scintille tant qu'elle peut et lui tend les bras, mais Alma n'en a pas très envie. Elle descend vers la salle à manger. Personne non plus. Ils sont peut-être au village. Alma quitte les murs blancs de l'hôtel pour retrouver le sable blond de la rue principale. Son envie de shopping fond sous la chaleur écrasante du dehors, mais elle s'ennuie trop pour ne pas aller jusqu'au bout de la rue. Alma commence à connaître par cœur les commerces qui jalonnent le chemin jusqu'à la mer. Elle n'a jamais été aussi inactive de sa vie, elle n'en a jamais eu le luxe, mais elle sait à présent que cette solitude-là, à ruminer ses pensées sous les tropiques, très peu pour elle. Elle devrait probablement écourter son séjour, se montrer prête à reprendre le tournage suspendu, rappeler Alejandra, lui dire qu'elle accepte le rôle de la Paraguayenne assoiffée de gloire, foncer tête baissée sous les restes de l'orage médiatique au lieu d'attendre qu'il se calme. Ou bien faire ses valises, déménager à Los Angeles et s'inventer une nouvelle carrière. Elle avisera à Buenos Aires, selon l'accueil que la ville lui réservera. Elle l'a quittée en victime, elle veut y revenir en force. Elle s'en sent presque capable, mais quelque chose la retient encore ici, au milieu de ces dunes protectrices. Alma déambule dans les rues commerçantes qui croisent celles des restaurants. Elle sait bien ce qui la retient. Elle ne partira pas d'ici tant qu'elle n'aura pas acheté un carnet, et qu'elle n'y aura pas couché le nom de Claire.

— Dis oui M'man, s'te plaît, ça va être génial !

Les yeux de Clément sont deux suppliques parfaitement rondes qui ne lâchent pas sa mère, jusqu'à ce qu'elle finisse par acquiescer, provoquant un cri de joie et des petits sauts sur place, à en perdre ses tongs. *Bárbaro*[1] *!* s'écrie Alma qui étreint Claire dans un élan que les Français qualifieraient de démonstratif, et les Argentins de spontané. Alma s'engouffre dans l'agence après avoir insisté pour inviter Claire et Clément, *si si, vraiment, ça me fait plaisir, c'est mon idée, et puis tu sais, l'hôtel, c'est mon agent qui le prend en charge, alors, vraiment, c'est pour moi*.

Sur le rebord du trottoir en terre, Clément enlace sa mère et pose sa tête sur ses genoux.

---

1. « Génial ! »

— C'est vraiment super gentil de sa part. Faudra bien dire merci, hein Clément, c'est une très belle excursion qu'elle nous offre.

— Oui, Maman. *[Claire caresse le front de Clément avec le plat de sa main, dans un geste aussi recueilli que son esprit est ailleurs.]* Maman, tu pourras lui dire que j'adore la scène où elle conduit à toute vitesse, tu sais, pour retrouver la petite fille qui a été enlevée ? Et le moment où elle danse aussi, à la fin, c'est super drôle ! Et...

— Non, mon chéri. *[Claire se retourne rapidement vers la porte grande ouverte de l'agence, Alma est encore en train de discuter au comptoir. Elle baisse la voix, mais son ton reste acéré, il faut qu'elle soit très claire.]* Tu sais, Clem, je n'ai pas dit à Alma que je la doublais dans la série et je ne lui dirai pas. Ni qu'on a regardé *Diosa*, toi et moi.

— Pourquoi ?

— Parce que, en ce moment, Alma est en vacances, et qu'avant, elle a été très malade. Et à cause de cette maladie, elle ne peut plus jouer. Ça la rend triste, tu comprends ? Alors il vaut mieux ne pas lui en parler, d'accord ?

— D'accord... mais on lui ment ?

— Ce n'est pas un mensonge, c'est seulement pour ne pas faire de peine. Tu sais, il y a certaines choses dont il vaut mieux ne pas parler, pour ne pas faire de peine aux gens.

C'est inutile. Parfois, il vaut mieux garder le silence. Garder les choses pour nous. *[Claire continue à lisser lentement le front de Clément comme si elle voulait en chasser toute pensée. Clément se met à bâiller.]*

— OK, M'man. *[Il ferme les yeux. Un chaton pelotonné, au bord de l'endormissement.]* On garde ça pour nous.

— Tadam !!

Alma ressort en brandissant un petit papier griffonné au stylo Bic pour tout reçu, et annonce fièrement leur départ demain aux aurores. Douze heures de trajet en voiture avec chauffeur pour arriver aux portes du Parque Nacional dos Lençóis Maranhenses, un désert de sable et de lagunes encore plus incroyable qu'ici, il paraît que c'est possible.

— Je ne sais pas si cela vaut le coup, mais j'ai hâte ! C'est la première fois que je m'achète des vacances.

— Alma, merci, vraiment, c'est trop gentil. Clément est ravi.

La brune plisse les yeux et émet un petit claquement sec avec ses lèvres pour signifier que le sujet est clos, une spécialité argentine.

— C'est rien, ça me fait plaisir. On va passer trois jours incroyables, *linda*.

Claire porte avec difficulté Clément dans ses bras pour rentrer à l'hôtel. Il est tout fin, mais commence à peser. La perspective de ces prochains jours anesthésie pourtant la tension de ses muscles. Les filles remontent la rue vers l'hôtel en silence, un même sourire éclaire leur visage.

Le 4 × 4 a manifestement pas mal vécu, mais cela ne l'empêche pas de filer à vive allure, d'avaler des kilomètres de sable sur fond bleu océan toutes fenêtres ouvertes, puis des kilomètres d'autoroute sur fond vert feuillage, la clim poussée au max. La clim, et la radio. Nelson, aux commandes, affectionne la pop internationale et la cumbia, et les heures de conduite n'ont pas raison de son envie de danser. Son bassin se déhanche en rythme, faisant couiner le cuir du siège, ses doigts tapotent le volant sur les temps forts. En quittant le village par la plage, les passagers se sont mis à chanter en chœur dans l'habitacle, compensant le réveil trop matinal par la joie de partir, Clément aux anges. C'est un voyage dans le voyage, une fuite en avant, comme si cette aventure tropicale n'allait jamais finir. Alma a remonté ses cheveux en un chignon très haut sur le crâne qui la rend encore plus juvénile qu'elle n'est. Son profil se dessine sur la vitre tachée d'éclats de sel et d'insectes. Assise derrière Nelson, elle absorbe tout ce qu'elle voit par la fenêtre et se demande si ça ressemble à ça, la Bolivie. Il n'y a pas la mer, mais l'Amazonie n'est pas si loin : peut-être peut-elle enregistrer cet arrière-plan pour y projeter sa tante et sa grand-mère ? Est-ce qu'elle leur ressemble ? Parfois, les ressemblances sautent une génération. Qui sait, elle a peut-être les yeux de sa grand-mère.

— Tu as déjà voyagé en Bolivie ?

— Non, mais il paraît que c'est magnifique. Pourquoi ?

— Pour rien, comme ça.

Est-ce parce que le timbre de voix de Claire lui fait penser au sien, et qu'elle a l'impression de s'adresser à elle-même ? Parce qu'elle sait ses mots en sécurité dans l'oreille d'une psy ? Ou bien est-ce parce qu'elle a besoin de se séparer d'une partie d'elle-même et de la remettre à cette fille, parce qu'elle lui plaît ? Alma se livre à une confidence sincère comme elle avancerait sur un sentier inconnu, en fonçant droit devant.

— Mes parents sont boliviens. Moi je suis argentine, mais eux ils sont nés à Potosí. Une ville minière.

— Oui, Potosí, je connais, enfin c'est connu, je crois que c'est superbe. J'aimerais beaucoup y aller.

Alma a un petit ricanement.

— Les Européens, vous me faites rire. C'est peut-être magnifique, mais c'est surtout très pauvre.

— Bien sûr. Je n'ai pas dit ça pour...

— Je sais, je sais. On n'a pas la même vision des choses, c'est normal.

Alma détache la torsade de ses cheveux qui balaient l'épaule de sa voisine. Elle a parlé avec un brin de mépris, et elle s'est refermée aussi vite qu'elle s'était confiée. À présent, elle regarde Clément, collé à la fenêtre de l'autre côté de sa mère. Ce petit blond au regard sombre l'émeut.

Claire ne dit plus rien. Les cheveux d'Alma sentent l'huile de coco. Il n'y avait pas d'odeur autre que des relents de tabac froid dans le studio de doublage que Claire enviait déjà cette cascade brune. Elle saisit une mèche, s'étonne de voir ses doigts en traverser les écheveaux noirs sans trembler, se lance dans une tresse. Elle se rappelle comment on fait, divise la matière souple en trois brins, et les entrecroise lentement. Alma reste silencieuse, mais se laisse faire. Claire sent qu'elle l'apprivoise et lui parle plus doucement.

— Tu as encore de la famille en Bolivie ?

— Une grand-mère. Une tante. Je ne les ai jamais vues.

— Alors ce serait une bonne occasion de voyager.

— Je ne sais pas.

Ses phrases sont des soupirs. Claire sent que la brune n'en dira pas plus, qu'elle a déjà arraché trop d'herbes de son jardin secret. Alors elle continue seule, sans attendre de réponses, comme on parle à un enfant boudeur. *Si j'étais toi, et que je pouvais faire ce voyage, je n'hésiterais pas. C'est trop bête, les regrets. C'est précieux, une grand-mère. On pense parfois trop au présent, on se fait vite avoir. Si je pouvais revoir la mienne, je lui poserais plein de questions. Si ma mère était là, je lui demanderais où se trouvait la source de son mal, où partait son regard avant qu'elle ne m'oblige à danser quelques pas de sa valse. Je demanderais à mon père de mettre des mots sur ses silences, en implorant secrètement des marques d'amour. Voilà ce que je ferais.*

Alma écoute attentivement Claire lui dévoiler ses blessures.

— Tu devrais laisser les morts tranquilles, *linda*.

Claire lâche les cheveux noirs et s'affale en arrière. Elle s'en remet à Nelson. La cumbia lui paraît moins forte, presque douce, et elle sent le sommeil la rattraper aussi vite que le 4 × 4 dévore la route. Alma a raison, se réveiller, elle doit se réveiller, et c'est en se répétant cette injonction qu'elle tombe dans les bras de Morphée, comme on tombe en arrière.

L'arrêt à la station-service permet à Alma et Clément de se dérouiller les jambes, et à Nelson d'avaler un sandwich poulet mayonnaise.

— *Do you want something*[1] ?

Clément hausse les épaules avec un sourire contrit pour toute réponse, son incapacité à communiquer avec Alma le rend muet, même s'il devine qu'elle veut parler de manger ou de boire quelque chose. À moins qu'elle ne parle des toilettes ? Il montre son sac à dos pour qu'elle comprenne qu'il a de quoi survivre, mais elle le pousse vers l'intérieur de la station, dans le rayon des biscuits, en lui disant sur un ton plus aigu que d'habitude et plus adapté aux moins de trois ans qu'à un garçon de son âge : *you choose, OK*[2] *?* Le « OK » d'Alma n'a rien à voir avec celui que Clément utilise en français. Avec sa diphtongue à la fin qui décrit une petite boucle qui tourne sur elle-même, ce *okay* semble porter en lui sa réponse, un oui, bien sûr. Clément la regarde et prend les cookies. Alma rajoute un paquet de bonbons. Ils s'asseyent sur le rebord du trottoir, devant la voiture où Claire dort toujours. Alma donne un petit coup de coude à Clément puis s'allonge sur le flanc, la langue dehors, en imitant des

1. « Tu veux quelque chose ? »
2. « Tu choisis, OK ? »

ronflements de camionneur. Le petit éclate de rire, et se dit qu'Alma est bien courageuse. On ne voit pas du tout qu'elle a été très malade. Clément trouve qu'elle n'a pas changé, elle est aussi belle que dans la série, il espère qu'elle pourra jouer de nouveau. Il est un peu intimidé de se retrouver là, seul avec Alma qui fait le pitre pour lui. Parfois il se dit qu'il l'aime bien, parfois il la déteste d'accaparer l'attention de sa mère. Il ne comprend rien de leurs conversations et ne peut pas y participer, alors il reste silencieux lors des repas, elles le trouvent très sage. Alma gobe les bonbons pour le faire rire. Il aimerait trouver une façon de lui dire qu'il aime bien ce qu'elle fait dans *Diosa*, sans lui faire de la peine, bien sûr. C'est important de dire aux artistes qu'ils ont bien fait leur travail, sa mère le lui dit souvent, il paraît même que cela les nourrit. Mais son vocabulaire est limité. D'une petite voix rendue triste par excès de pudeur, il se lance tout de même, *garcias. Sank you.* Alma penche sa tête vers lui dans un *oooh* dégoulinant de sentiments. Clément n'a pas le temps d'ajouter le mot *Diosa* et d'aller au bout de sa phrase, les mollets de Nelson apparaissent devant eux comme des barreaux poilus. Il a mangé des chips. Clément compte les miettes grasses accrochées à la bouée qui déborde de son tee-shirt, pendant que Nelson les invite à remonter à bord du 4 × 4, méconnaissable sous la couche de poussière. Encore quelques heures, toujours tout droit, et ils seront arrivés à destination.

En signant le registre à la réception, Claire se dit que c'est une bonne chose que ce soit Alma qui ait fait la réservation. Il faut donner son nom, elle n'avait pas anticipé, elle était loin de se douter qu'elle s'enfoncerait encore plus profondément dans ce nord-ouest du Brésil en compagnie d'Alma. Heureusement, la fille de la réception n'est pas très regardante, le passeport d'Alma suffit, le reste n'est qu'un cahier aux colonnes tracées à la main pour indiquer un nom, les dates du séjour, et une signature. C'est un petit hôtel, moche. Ce n'est pourtant pas difficile de faire beau, ici. À croire que l'hôtel a mis un soin particulier à se rendre moche. Le long du couloir qui longe les quelques chambres, l'effort de décoration se résume à des vases remplis de fausses fleurs, plastique pour les tiges, tissu qui devait être éclatant pour les pétales, mais dont le soleil et la poussière ont fait leur affaire. Des fleurs en plastoc dans ce coin du monde où la végétation est omniprésente, où les oiseaux de paradis et les hibiscus sont plus nombreux dans les jardins que les pâquerettes au bois de Boulogne, c'est dire. Hernelle. Claire Hernelle. C'est en tout et pour tout le seul scénario qui avait germé dans son esprit pendant les quinze heures de vol, se créer une nouvelle identité pour ne pas prendre de risques, pour qu'Alma ne découvre pas sa profession, qu'elle ne sache pas que Claire est venue à sa rencontre. Pourquoi Hernelle ? Google. C'est souvent Google qui décide. Claire a tapé son prénom et les premières lettres de son nom de famille, et vu apparaître des suggestions automatiques servies sur un plateau. Il existe une Claire Hernelle psychologue à Paris, sans photo qui lui soit reliée aux premières recherches, idéal. Voilà donc ce qu'elle griffonne avec assurance sur le cahier, s'amusant de sa nouvelle signature. Ce voyage, c'est du grand n'importe quoi. Elle est partie tôt ce matin, elle a dormi pendant plus de la moitié du trajet, elle se réveille devant cet hôtel, et la première chose qu'elle fait, c'est signer d'un faux nom un registre qui n'a l'air de rien, juste en dessous d'un autre nom au Bic bleu, écriture soignée et ronde comme celle d'une adolescente, il ne manque que le cœur sur le i, Alma Quispe. Ce n'est pas le nom que Claire a tant et tant de fois vu défiler à l'écran. Ce n'est pas tout à fait la même fille non plus. Elle n'est plus une image animée. Son personnage était bavard, franc, Alma cultive davantage le mystère. Claire ne sait pas toujours sur quel pied danser lorsqu'elles sont ensemble. La brune peut se montrer sèche puis amicale, mutique puis curieuse. Claire se demande si le fait de parler dans une langue étrangère alimente ce paradoxe. Alma lui glisse dans les mains et demeure insaisissable. Ses gestes sont plus éloquents. Si la brune reste peu encline à parler d'elle, ses bras enlacent plus facilement et ses sourires sont plus larges. Mais ce sont ses yeux qui en disent le plus. Et lorsqu'elle fixe Claire en lui donnant du *linda*, la blonde a le vertige. Rien que de penser à l'éventualité d'être découverte, elle frémit. Alma pourrait bien l'anéantir d'un regard. Ce soir, elle trouve cela plutôt drôle, toute cette confusion. Une fausse Claire Hernelle qui accompagne une nouvelle Alma Quispe, dans un hôtel en toc, des signatures inconnues et hésitantes sur un cahier d'écolier. Dans le lot, seul Clément semble fidèle à lui-même.

— Ça veut dire quoi, Lençóis ? hurle Claire.

Nelson crie en retour, mais Claire ne comprend pas. Ce matin, après un petit déjeuner pas loin d'être en plastique lui aussi, café en poudre et biscottes sous blister, ils ont troqué leur 4 × 4 contre un buggy. Il faut encore traverser un bras de fleuve sur un bac, puis rouler à travers la jungle pour arriver à l'entrée du parc, et le vent emporte tout. Claire a entendu *shit* et s'est dit que Nelson parlait de la route, si tant est qu'on puisse parler de route pour décrire ce chemin à travers les arbustes, les jeunes branches leur arrivent en pleine figure comme des coups de fouet en guise de bienvenue, et les dos-d'âne sont des dos-de-mammouth. L'endroit se mérite. Alma explique à Claire, *lençóis* signifie *sheet, bed sheet, sábana* en espagnol. Nom incongru pour un site de cette trempe. Un drap, c'est une étendue monotone, guère plus, qui évoque à Claire son lit de petite fille.

Depuis qu'elle est adolescente, elle parle de « couette », à la rigueur de « drap de dessous », mais plus jamais de « drap ». Ce mot lui ouvre les placards de ses parents avec des piles de linge repassé, la ramène à sa chambre, lui rappelle sa couverture en laine bleu marine qui sentait toujours un peu la poussière et le renfermé malgré les soins de la femme de ménage, ses rituels de lecture au coucher avec sa mère, et, plus tard, le drap qu'elle a remonté sur le corps de son père, ce tissu blanc épais un peu froissé qu'elle a étiré jusqu'au sommet de son crâne, faisant disparaître petit à petit et à jamais les plis de son cou entre les pans de la chemise de son pyjama rayé, puis le menton fraîchement rigide, les lèvres fines asséchées aux commissures, le nez presque enfantin entre la parenthèse des rides accentuée par la maigreur, la sagesse des paupières scellées. Le regard bleu-gris, tenace, dont le souvenir s'incruste malgré tout une dernière fois et vient se superposer comme un calque aux globes las, le front lisse – Claire ne se souvient pas de l'avoir vu se froncer un jour, jamais la moindre colère, jamais – et enfin les cheveux, encore fournis, rappelant la cruauté de cette maladie de merde. Un drap. Rien de réjouissant. Pourtant Claire se réjouit. Depuis hier soir, précisément, comme on date un événement important. Depuis que Clément l'a réveillée sur le siège arrière, qu'elle a entendu sa petite voix lui annoncer qu'ils étaient enfin arrivés, depuis qu'elle a ouvert les yeux sur son visage penché au-dessus du sien, ce visage d'enfant devenu si grand d'un seul coup, comme une pleine lune la nuit, ce fils chéri à qui elle s'est sentie, confusément, mais avec force, en mesure, enfin, d'accorder la place qui lui revient, au premier plan. Elle se réjouit. Est-ce parce que hier elle s'est réveillée en fin de journée, au moment où les autres commençaient justement à fatiguer et qu'elle se sent emplie d'une énergie neuve ? Est-ce parce qu'elle a encore, au fond d'elle, l'injonction d'Alma qui résonne, cette injonction de vivre ? Est-ce parce que ce voyage était, finalement, destiné à lui permettre de faire ses deuils ? Claire sent le soleil pénétrer plus profondément à travers sa peau, réchauffer ses os. Les branchages qui fouettent son visage la font sourire, une claque de la nature en pleine face. Il faut poursuivre à pied. Cette côte raide, à gravir dans un sol qui s'enfonce, mi-terre, mi-sable, Claire la dévore avec appétit, renouant avec une respiration de coureuse de fond jusqu'au point culminant. Ce qui l'attend à l'arrivée, sans prévenir, est un choc qu'elle ne soupçonnait pas. Elle se trouve à l'intersection de deux mondes. Derrière, d'innombrables moutons vert chlorophylle, le poumon de la jungle qu'elle surplombe. Devant, à perte de vue, un désert de dunes blanches seulement entrecoupées d'étroites lagunes, un drap de soie froissé par de fins doigts bleus. Le lit de la beauté. C'est tellement beau que Claire sent nécessaire de détourner le regard vers le ciel, il y a comme une inconvenance à être exposée à un tel tableau. Même le ciel est plus abordable. Claire le regarde avec une gratitude qu'elle n'a pas ressentie depuis qu'elle était enfant et qu'elle croyait croire en Dieu. Difficile de lui résister en des moments semblables. Ce qui gronde silencieusement à travers ces dunes calmes et simples, c'est une force, une Reine terrible, Claire vient piétiner le bout de sa traîne. Elle devine qu'ici, elle va pouvoir. Pouvoir se délester. Confier sa peine aux dunes, l'enfouir sous le sable, la donner à cette Majesté, à son lourd silence. Est-ce parce qu'elle a regardé le ciel ? Il lui semble distinguer la silhouette de sa mère, elle s'avance lentement dans les eaux acier d'une lagune, devenant de plus en plus petite à mesure qu'elle s'éloigne, jusqu'à se fondre dans la ligne d'horizon. Claire fixe des yeux la surface de l'eau. Elle sent ses veines se vider de toute la violence rentrée depuis des années.

Il faut Alma, Clément et Nelson pour la ramener à l'instant présent, à l'humanité si insignifiante et impolie devant l'étalage de cette nature absolue. Une minute seule avec elle, c'est ce que Claire aura eu, un privilège avant que les exclamations des autres touristes ne rabaissent la valeur de cette rencontre. Nelson pose les mains sur ses hanches pour retrouver son souffle – trop de chips – et recommande de mettre une nouvelle couche de crème solaire à cause de la réverbération, sans oublier une casquette. Le kit parfait pour rappeler à l'Homme sa condition d'étranger et d'inadapté à sa propre terre. Il est donc possible de venir ici et de n'accorder qu'un bref regard à l'horizon avant de parler de crème solaire. Nelson est guide depuis vingt ans. Il dit qu'il connaît comme sa poche. *Viens ici Clément, Clément, attends, tu ne t'éloignes pas trop*, il court partout, dévale les dunes, se laisse glisser sur le dos dans les pentes, atterrit dans les flaques d'eau douce, recommence. Alma se prend en selfie devant chaque nouvelle dune en dégainant son sourire de compétition – à qui pense-t-elle en souriant de la sorte ? – et pousse des cris en se jetant à l'eau. C'est amusant. Ça ne participe pas à la solennité du lieu, ça abîme le silence, ça perturbe la pureté des lignes dessinées par le vent, mais c'est amusant. Claire prend une grande inspiration et court se jeter dans la lagune, tout habillée, en hurlant le prénom de son fils.

Il est d'une beauté neuve avec sa peau brunie, ses cheveux tannés par le soleil et cet éclat dans ses prunelles. Il n'a plus l'air d'un sage petit garçon en attente de vivre. Lui aussi, ce voyage l'a réveillé. Le jeune prince des sables a repris sa place à l'arrière du 4 × 4 contre la fenêtre, sa mère sur le siège du milieu, puis Alma. Il regarde durement la longue route qui s'étale devant lui. Dans l'autre sens, elle semblait moins grise et monotone qu'aujourd'hui. Il y a dans l'air un goût de fin de voyage qui ne lui plaît pas. Le même goût que celui du dessert, quand c'est le déjeuner du dimanche, qu'il sait qu'il quittera dans quelques heures son père, ou sa mère, pour retrouver l'autre partie de son tout. Un goût piquant qui lui serre la gorge, un peu comme une crème à la vanille périmée depuis quelque temps, un goût de gâchis. Il n'a pas envie de rentrer, s'estime spolié du tête-à-tête avec sa mère, et compte sur deux doigts les jours qui leur restent à Jericoacoara avant de retrouver le gris de Paris et l'étroitesse de l'école. Claire lui prend la main, elle connaît ce regard dans le vide. Même la cumbia sonne triste.

— Vous repartez quand, déjà ?

— Samedi. *[Claire serre la main de Clément. Entre ses doigts bronzés, la peau blanche dessine des miniplages de sable fin.]*

— Ah oui, samedi, c'est vrai. *[Le visage d'Alma délaisse Claire pour la fenêtre. Elle est déçue. Claire l'a remarqué, et ne peut s'empêcher de s'en réjouir. Elle prépare son retour mentalement. Elle doit relancer Vincent pour trouver d'autres voix à doubler, elle doit se préparer pour Anna Karénine. Elle s'en sent désormais capable.]* Je vais décaler mon billet. Je suis censée rester jusqu'à mardi, mais je ne tiendrai jamais, sans vous, à l'hôtel.

— Je suis sûre que les Allemands en chaussettes gagnent à être connus.

— *Jajaja*[1] *!* Tu vas me manquer.

— Toi aussi. *[Claire baisse le regard. Trois paires de genoux s'alignent, trois bronzages différents.]* Tu vas nous manquer.

Le chapelet arrimé au rétroviseur n'arrête pas de danser.

— Il faudrait que je vienne tourner un film à Paris. *[De vieilles images en noir et blanc se bousculent dans la tête de Claire : l'arroseuse*

1. « Ha ha ha ! »

arrosée.] Je pourrais même écrire le scénario. L'histoire de deux filles. Une actrice et une psychologue. Elles se rencontrent en vacances, sur une place à Paris, avec des pavés, un restaurant, des nappes à carreaux…

— Un accordéon ?

— Bien sûr. Elles attendent quelqu'un à la terrasse du restaurant, mais personne ne vient, alors elles discutent, découvrent qu'elles ont des points communs. Ou plutôt qu'elles sont complémentaires. Une brune, une blonde. Les antagonismes, ça marche toujours. L'actrice est célibataire, elle rêve de fonder une famille, mais elle est trop prise par sa carrière. La psy n'est plus heureuse dans son mariage, elle a envie de repartir à zéro. Je ne sais pas si psy ça marche, par contre… il faudrait trouver quelque chose de moins utile, un métier dans l'ombre…

[Clément retire sa main de celle de sa mère, trop moite. Claire la colle contre le tissu de sa jupe.]

— Il faut que tu vendes ça à Alejandra.

[Alma braque ses yeux sur Claire.]

— Comment tu sais qu'elle s'appelle Alejandra ?

— Ton agent ? Tu as dû me dire son prénom. *[Claire a le vertige, elle compte lentement jusqu'à trois dans sa tête.]* Je n'aurais pas pu deviner.

— Elle adorerait, mais elle proposerait le rôle à une autre.

— Pourquoi ?

— Pour rien. *[Ses lèvres se crispent, son regard est figé sur l'appui-tête de devant. Claire retrouve dans le profil d'Alma la foudre qu'elle a tant de fois doublée.]* Il faut que je parte à Los Angeles. Chaque pays a ses lépreux, j'imagine. Chez vous aussi, le cinéma est tout blanc ?

— De moins en moins. Mais c'est long.

— Je n'aime pas attendre. Je n'ai jamais aimé ça.

— Moi non plus.

Claire n'ajoute pas qu'elle a déjà trop attendu. Assise à l'arrière de ce 4 × 4, elle voit défiler les personnes dont elle a dépendu depuis qu'elle est née. Celles qui l'ont retenue, consciemment ou non, de se prendre en main et de construire sa vie. Celles que Claire elle-même a placées dans ce rôle. Celles dont elle n'a plus besoin. Elle regarde Alma et lui sourit. Le même sourire que lorsqu'elle repose un livre après en avoir lu les derniers mots jusqu'au point final, jusqu'à sentir le poids de la couverture se refermer sur ses doigts, les lettres imprimées passer du papier à son être, sentir qu'elle en est nourrie, différente, et davantage elle-même. Un sourire de gratitude.

L'arrivée à Jericoacoara à la nuit tombée est une belle retrouvaille. Les chats les attendent devant la Casa da Mangueira, leur maison en terre étrangère. Claire et Alma prévoient la journée du lendemain, heureuses de reprendre leur non-rythme de vacances une dernière fois tous les trois, petit déjeuner, piscine, plage, capoeira, dîner au village. Après-demain, Clément et Claire repartiront pour Paris. Ce fut un beau voyage. Alma, elle, restera quelques jours de plus avant d'affronter un retour dont elle ignore encore la donne. La boule dans son ventre grossit. Alma pensait qu'elle avait disparu dans les dunes.

Clés en main, le trio regagne les chambres du deuxième étage qui surplombent le patio. Chaque marche gravie alourdit la solitude d'Alma qui se surprend à envier la psychologue blonde au travail stable et utile qui, flanquée de son petit garçon sage comme une image, monte l'escalier en lui tenant la main. Alma s'apprête à tourner à droite, Claire et Clément à gauche. Alma saisit le bras de Claire et l'attire à elle pour une étreinte un peu plus longue que d'habitude.

— Quand tu penseras aux Lençóis, tu penseras à moi.

— Obligé. Bonne nuit, Alma.

— Bonne nuit, *linda*. À demain.

Berimbau
(Baden Powell y Vinícius de Moraes)

Capoeira me mando	•	Le capoeiriste m'a envoyé
Dizer que ja chegou	•	Dire qu'il est déjà arrivé
Chegou para lutar	•	Il est venu pour lutter
Berimbau me confirmou	•	Le berimbau m'a confirmé
Vai ter briga de amor	•	Qu'il va y avoir une lutte fraternelle
Tristeza, camara	•	Tristesse[1], camarade

1. L'utilisation du contraire est courante dans les expressions brésiliennes. Il faut entendre : « Ça va être génial. »

Lorsqu'ils arrivent dans la salle du rez-de-chaussée pour prendre leur petit déjeuner, Claire et Clément saluent d'un *hello* discret les nouveaux touristes arrivés pendant leur excursion. Un couple, plutôt jeune, avec un petit garçon qui doit avoir à peu près le même âge que Clément. Comme un chasseur retrouve ses réflexes en forêt, Claire se surprend à guetter la porte d'entrée pour voir apparaître Alma. Elle pense *c'est la dernière fois*, avec autant de soulagement que de tristesse. Mais Alma n'est pas encore descendue. Il est trop tôt. Clément abuse du buffet, c'est son avant-dernier petit déjeuner ici et il veut s'assurer d'avoir tout goûté. Il a plein de projets pour la journée : foot sur la plage, sculptures en sable, baignade dans les vagues, capoeira, et une pizza sur la grande place. Claire le rassure, bien sûr ils vont faire tout ça, mais ils doivent d'abord retrouver Alma à la piscine, c'est aussi leur dernière journée avec elle, ils dîneront tous les trois pour se dire au revoir. Clément prend un air contrarié. Il préférerait dîner seul avec sa mère.

— On est obligés, aujourd'hui aussi ? On a passé toutes les vacances avec elle…

— Mais Clem, on s'entend bien, quel est le problème ?

— Imagine, c'est comme si t'étais avec deux personnes qui parlent chinois ensemble, tout le temps. On est partis pour mon anniversaire, et on n'est presque jamais que tous les deux.

— On est tous les deux là, non ?

— Oui, mais on fait rien.

— OK. Tu veux aller à la plage ? On y va vite, comme ça on peut jouer au foot et on retrouve Alma à la piscine après. Ça te va ?

Clément est déjà en train de courir, il prend un gâteau sur le buffet au passage, et se tourne vers sa mère. Elle regarde toujours la double porte battante.

— Tu viens, M'man ?

*

* *

Dans son deux-pièces jaune canari, Alma reprend du service. Ces derniers jours ont imprimé la marque de son débardeur sur ses épaules, elle va y remédier. Elle a pris la seule chaise longue libre, les autres sont accaparées par une famille. Un couple plus tout jeune qui ne fait pas envie et leur garçon qui n'arrête pas de hurler dans la piscine. Même avec la musique poussée au maximum dans ses oreilles, Alma peut entendre ses cris. Les parents sont sans scrupules, ils ont l'air de trouver ça normal. C'est idiot, mais ça l'énerve. Ils croient peut-être que tout leur est permis parce qu'ils sont arrivés les premiers ce matin, mais ils ignorent qu'elle est là depuis plus d'une semaine, elle devrait avoir sa chaise réservée, avec son nom dessus, comme sur un plateau de tournage qui se respecte. Elle a pris un livre mais n'arrive pas à avancer dans l'histoire, trop de descriptions, et pas assez de concentration avec ce petit gros qui n'arrête pas de faire des bombes, il en a de la morve sous le nez et sourit comme un benêt, dégoûtant. Où est Claire ? Il est onze heures trente, et elle n'est toujours pas descendue. Pas question de passer plusieurs jours dans cet hôtel sans elle, et avec cette famille repoussante dans la piscine. Ils ont l'air d'aimer l'eau en plus, ils ont tout l'attirail, même leur parasol personnel, ils vont rester longtemps. Il faudrait qu'elle joue la montre, qu'elle impose sa présence. Une nouvelle bombe recouvre l'iPhone d'Alma de fines gouttelettes. C'en est trop. La brune enfile sa tunique, rassemble ses affaires, prend son air le plus réprobateur et quitte le patio d'un pas vif. Direction le village. Elle finira bien par tomber sur Claire.

*
* *

— Regarde M'man, regarde comment je fais !

Clément donne tout, enchaîne les figures avec son ballon, se prend pour Neymar, ou Ronaldo, Claire ne sait pas bien mais elle s'extasie du mieux qu'elle peut. Assise sur la plage, elle regarde les nouveaux promeneurs, les gens qui installent leur serviette.

— On va à la piscine, Clem ? Alma doit nous attendre.

— Attends M'man, regarde ! Nouvelle technique !

Il commence à faire sacrément chaud. Derniers coups de soleil avant Paris.

— Allez, Clément, on retourne à l'hôtel.

— Juste une dernière figure et j'arrive, promis !

*
* *

Elle n'a pas mis sa casquette. Elle se sent chez elle. Est-ce que, quand on retourne quelque part, on n'est pas un peu plus qu'un simple visiteur ? Alma descend la rue principale et prend à droite, pour traverser la grande place avant de rejoindre la plage et maximiser ses chances de rencontrer Claire et Clément au passage. Il fait une chaleur terrible, et plus humide que d'habitude. Dans l'entrée de la maison, l'affichette de la météo changée quotidiennement annonce un orage en fin de journée. Pour l'instant rien ne le suggère, juste cette vapeur d'eau dans l'air. Le balancement de ses bras lorsqu'elle marche le lui fait bien sentir, la peau glisse sous ses aisselles, elle fond. Alma lorgne les terrasses de la place, leur ombre lui fait envie. Les verres glacés servis sur les tables aussi. Elle n'a rien à faire à la plage à cette heure-ci, il faut encore marcher dix bonnes minutes avant d'y arriver et elle a soif. Alma se dit qu'elle a peu de chances de trouver Claire à la plage, il fait bien trop chaud pour le petit. Si elle n'est pas à la piscine ni à la plage, elle est peut-être en vadrouille au village, à faire des courses avant de boucler ses valises. Depuis la terrasse, elle la verra passer. Va pour un verre. Elle choisit une table devant, pour pouvoir observer tranquillement. Les deux hommes attablés à côté la regardent en coin. Alma connaît ce regard-là, un va-et-vient inquisiteur qui se veut discret et qui ne l'est pas. Ils l'ont reconnue. Peut-être qu'ils se demandent comment ils connaissent son visage, peut-être qu'ils n'ont pas identifié *Diosa*. Peut-être qu'ils ont aimé la série, peut-être pas. Mais ils l'ont reconnue, ils ont déjà une idée d'elle, alors qu'elle ne les connaît pas. Ils sont mignons. La trentaine maximum, l'air sportif, des kite-surfeurs à en juger par leurs tee-shirts. Elle les regarde franchement, ils ne s'en privent pas. Celui qui est le plus proche lui adresse un sourire. Alma prend les devants. Ils ne sont pas brésiliens, ils sont américains. Miami. Dents très blanches, bras musclés et bronzés. Fans de *Diosa*. Séducteurs, mais pas lourds. Ils sont bien là pour le kite, Alma n'en a jamais fait. Ils disent que c'est impossible de venir à Jericoacoara et de ne pas faire de kite, et lui proposent de se joindre à eux cet après-midi avant que le vent ne se lève trop. Alma regarde la place. Pas de Claire, pas de petit blond. Demain, ils seront partis de toute façon, à quoi bon leur courir après ? *Of course*, elle adorerait faire du kite. Les deux garçons s'échangent un regard, celui du pêcheur qui vient de faire une grosse prise contre toute attente. *Vamos*.

*

* *

Pas du tout ! Il n'a pas du tout le même âge que ce garçon, beaucoup plus grand et beaucoup plus gros que lui, on dirait que son corps a été étendu au rouleau à pâtisserie avant d'être gonflé comme une bouée. Sa mère se trompe. Ou alors, dans le pays de ce garçon-là, où l'on parle cette langue dont se moque Louis de Funès dans un film que Clément a regardé le mois dernier, une langue qui fait rigoler mais des gens qu'on n'a pas intérêt à énerver, dans ce pays-là, peut-être que tous les enfants sont comme ça ? Au petit déjeuner, Clément a bien remarqué que les deux derniers pancakes avaient fini dans l'assiette du garçon. Il s'était empressé d'aller se resservir de peur de se faire piquer sa ration en voyant débarquer Clément et sa mère dans la salle à manger, et il lui avait décoché un regard inquiet de ses yeux tout rapprochés au milieu de son visage en forme de galette pur beurre. C'était il y a quelques heures. Depuis, Clément a eu le temps d'aller à la plage pour jouer au foot avec sa mère, mais dès les premiers mètres parcourus pour s'y rendre, elle avait réussi à lui gâcher son plaisir en faisant le décompte des minutes avant de rentrer à l'hôtel. *Dans trente minutes on rentre Clem, OK ?* Puis vingt, puis dix. Il avait joué avec ce tic-tac en toile de fond qui l'avait stressé, ses gestes étaient imprécis et saccadés, voulant faire vite il ne parvenait pas à faire bien, il n'avait même pas pu se baigner. *On se baignera à la piscine Clem, Alma doit nous attendre,* sa mère n'avait prêté que des regards inattentifs à ses figures, elle avait vu les plus ratées, et quand son jeu s'était amélioré il avait fallu repartir. Sur le chemin du retour, Clément avait vu des présentoirs débordants de cartes postales et demandé à sa mère s'ils pouvaient en acheter. Claire était d'accord mais la lenteur du vendeur l'avait exaspérée, Clément avait dû choisir très vite, il en avait pris deux, une pour son papa et une pour faire une surprise à sa maman à leur retour. Claire n'avait qu'un gros billet et le vendeur aux dreadlocks n'avait pas assez de monnaie, il avait dû en faire auprès de l'échoppe voisine, Claire faisait des allers-retours entre les deux magasins comme si la tension de son corps pouvait compenser la langueur de celui du vendeur. Les dreadlocks avaient fini par lui rendre la monnaie au bout de longues minutes à dégouliner sous le soleil, et Claire avait dit *bon, maintenant on rentre direct*. Ils avaient marché d'un pas vif malgré la chaleur, la piscine pour Graal, mais une fois arrivés dans le patio Alma n'était pas là. À sa place, il y avait les parents du petit gros, qui, en les voyant arriver, s'est jeté dans l'eau turquoise en faisant une bombe impressionnante. Clément s'est demandé s'il resterait de l'eau et si le garçon n'allait pas s'éclater contre les petits carrés du fond, si ça ferait des miettes. En tout cas, il ne voyait pas comment il pourrait jouer à retenir sa respiration sous l'eau avec un tel lion de mer pour voisin. Il a demandé à sa mère les clés de leur chambre pour prendre de quoi écrire ses cartes postales, puis il est descendu s'installer à une table de la salle à manger pour être bien assis et s'appliquer. C'est important d'être dans de bonnes conditions pour écrire, la maîtresse le dit souvent. Ses copains doivent être à l'école en ce moment même. Quand il va leur raconter qu'il est allé au Brésil, la tête qu'ils vont faire ! Clément dispose ses cartes postales devant lui, les deux représentent la grande dune de la plage, l'une au petit matin et l'autre au soleil couchant. C'est celle-là qu'il choisit pour son papa. De l'autre côté de l'image, le rectangle semble minuscule et Clément se demande comment il va pouvoir parler des Lençóis, de la capoeira, des chats, de l'hôtel et des glaces sur un si petit espace. Il commence par dessiner une tête de chat, il les réussit à tous les coups, un ovale assez grand avec deux yeux ronds dedans, trois petits traits autour de la truffe pour les moustaches, et des oreilles en triangle. Une tête de chat vert pomme, il n'y avait que ce feutre-là dans la poche de son sac à dos. *Cher Papa*, oh zut, c'est raté, c'est beaucoup trop gros, s'il y avait les petites lignes ça serait plus simple, mais maintenant tout le haut du rectangle est recouvert. Clément aimerait bien recommencer, mais puisque ce n'est pas possible, il faut qu'il fasse très attention aux prochaines phrases.

Il mord un peu le bout du feutre entre ses dents avant de tracer la suite en moins gros. *Tu oré du venir le brésil c'est tro cool*. Voilà, oui, c'est assez bien résumé, Clément a vraiment pensé en arrivant à Jericoacoara que sa surprise d'anniversaire serait sans fin et qu'en ouvrant la porte de leur chambre dans la maison d'hôtes, il découvrirait son père assis sur le lit, les bras ouverts pour l'accueillir et lui annoncer qu'ils passeraient les vacances tous les trois, comme avant. Ses parents auraient échangé un sourire, fiers de leur mise en scène pour que leur fils soit le plus heureux du monde. En entrant dans la chambre toute blanche le jour de son arrivée, il y avait des serviettes pliées en forme de cœur en évidence sur le lit avec deux bonbons, mais pas de papa. Clément avait dit *cool des bonbons !* pour cacher sa déception. Il le savait bien au fond, qu'il rêvait, que son papa avait une nouvelle petite amie, que sa maman en avait plusieurs, mais il sait déjà que l'espoir fait vivre. Clément se souvient d'avoir remercié Sylvie le jour de son enterrement, car il avait pu tenir la main de son père et de sa mère en même temps, puis il se souvient qu'il ne veut plus s'en souvenir, sa gorge se serre trop quand il y repense. Il mâchonne de nouveau le bout du feutre vert pomme et regarde son œuvre. Il y a sûrement des fautes, mais tant pis. Il reste de quoi écrire une phrase de plus avant le *bisous Papa chéri* et la signature. Pas facile. Les petits doigts serrent fort le feutre en pince. *Je tien 12 segonde sou l'eau*. Petite fierté sur « eau », ça ne s'écrit pas du tout comme ça se prononce, c'est un mot compliqué mais il l'a bien retenu. Voilà, il reste juste de quoi écrire les bisous, et peut-être la place de dessiner un autre chat. Dessiner un berimbau ce serait trop classe, mais ce n'est pas évident. Ça risque de ne rien rendre du tout. Il vaut mieux lui raconter tout ça le week-end prochain. Va pour un autre chat, avec une bulle qui dit *miaou*. Encore un bruit d'éclaboussures dans le patio, il reste donc de l'eau dans la piscine. Clément repousse la carte de son papa pour prendre l'image de la dune au petit matin. Il est content de sa trouvaille : sa maman recevra la carte après leur retour à Paris, ça lui fera plaisir, c'est sûr. *Chère Maman* et puis en dessous que des dessins, des dunes de sable et des lacs vert pomme, un berimbau parce qu'elle, elle sait ce que c'est, des cornets de glace, des vagues, des têtes de chat, un ballon de foot et plein de cœurs, des colorés, des gros, des petits. *Bisous Maman chérie*, comme ça pas de jaloux, s'ils comparent leurs cartes postales, on ne sait jamais. Voilà, le travail est terminé. Clément décroise ses mollets sous la chaise, c'est drôle, il peut en sentir le bronzage sans les regarder, et il rebouche le feutre. Il remonte toutes les affaires dans la chambre, avant de rejoindre sa mère dans le patio. À peine arrivé, il la voit quitter sa chaise longue. Elle lui dit qu'elle va remonter faire les valises puisque Alma n'est pas là, comme ça ils gagnent du temps. Le petit gros lui jette le même regard idiot qu'au petit déj.

*

* *

La lumière commence à baisser, et le vent à se lever. Une légère brise moutonne la surface de la piscine. Assise au bord, Claire a l'impression d'être un jouet qu'un enfant gâté vient de lâcher par terre pour en saisir un autre. Alma se fout bien de sa gueule. C'est elle qui avait insisté pour qu'elles passent cette dernière journée ensemble, et elle les plante. Claire est allée frapper à la porte de sa chambre, rien. La fille à l'accueil lui a confirmé qu'elle était sortie seule en milieu de matinée, et qu'elle n'avait pas laissé de message. Elle s'est barrée. Alma donne rendez-vous et elle se barre. Claire aurait dû s'en douter. Pas la peine d'être une vraie psy pour voir à quel point cette fille souffre d'un manque affectif, qu'elle a besoin de quelqu'un à sa merci. Claire l'a attendue tout l'après-midi, faisant ses valises dans la chambre pendant que Clément jouait dans la piscine avec un garçon de son âge. Mais les valises ne l'ont pas calmée. Ce n'est pas tellement qu'elle regrette de passer cette journée sans Alma, non, elle se sent prête à partir, à prendre sa vie en main, elle en est même impatiente. Si elle est aussi énervée par ce faux bond, c'est parce qu'elle réalise à quel point elle s'est trompée. Erreur de jugement. Si Alma s'est montrée plus proche ces derniers jours, ce n'est pas parce qu'elle s'intéressait particulièrement à elle, c'était juste pour éviter d'être seule. Claire a été assez naïve pour penser qu'une amitié était en train de se construire petit à petit, pour espérer que la brune lui rende, sans le savoir, une partie de l'attention que Claire lui voue depuis près de deux ans. Quelle conne. Un bouche-trou, faute de mieux, voilà tout. Elle n'a jamais intéressé personne bien longtemps, ce n'est pas parce qu'elle se trouve dans l'hémisphère Sud que cela va s'inverser. *Tu es courageuse,* linda, lui a dit Alma. Qu'elle aille se faire foutre.

*

* *

Cinq verres vides s'alignent sur le bord de la piscine qui éclaire le patio comme un écran de ciné dans une salle obscure. Les pailles fluorescentes qui baignent dans des fonds de caïpirinhas menacent de s'envoler à chaque bourrasque, le vent souffle de plus en plus fort. Les pieds d'Alma pendent, laiteux, dans la lumière froide de l'eau. Leur peau est fripée. Claire n'a aucune idée de l'heure qu'il peut être, mais le bar de l'hôtel a fermé depuis quelque temps déjà et on n'entend plus un chat, seulement la voix éméchée d'Alma entrecoupée par les rafales, dans un long monologue alcoolisé dont Claire a perdu le fil. Elle aussi a trop bu. Elle aimerait se téléporter dans sa chambre, rejoindre Clément qui dort comme une pierre, rabattre une couette sur ses jambes pour une fois – ça s'est bien rafraîchi –, mais elle reste scotchée au bord de la piscine, bercée par les histoires d'Alma, devenue intarissable. Les filles sont assises côte à côte, la lumière de la piscine se reflète sur le bas de leurs visages, dessine les remous de l'eau sur leurs joues, plonge leurs regards dans l'obscurité. En un réflexe professionnel, Claire enregistre les fréquences de la voix d'Alma : un débit assez monocorde, ponctué de quelques exclamations, d'éclats de rire un peu jaune. Très peu de silences. L'eau du bassin frise à chaque fois que le vent forcit. Des bribes de phrases émergent du flot de paroles, Alma parle de *Diosa*, d'un Sebastián, Claire se dit que ce doit être le Sebastián qui réalise la série, les mots *dégonflé, connard* résonnent, puis il est question de Jorge, de Lili, Claire s'embrouille et a mal au crâne. Elle n'aurait pas dû boire autant. Un premier cocktail sur la dune où elles se sont retrouvées, du vin pendant le dîner avec les nouveaux amis d'Alma qui n'ont pas arrêté de les resservir, et maintenant cet *after* sans fin dans le patio. Claire se damnerait pour une bouteille d'eau plate, regarder la piscine n'arrange rien. Ses yeux remontent vers Alma. Elle est vraiment moins grande que ce qu'elle imaginait lorsqu'elle la voyait à l'écran. Moins belle aussi. C'est son assurance qui impressionne, plus que sa beauté. C'est fou ce que le maquillage et la caméra peuvent transformer quelqu'un. Elle fait très jeune, mais déjà amère. Non, Claire sait qu'elle est injuste, elle a trop bu, c'est elle qui est aigrie. Elle lui en veut de lui avoir gâché cette dernière journée, elle s'en veut encore plus de ne pas savoir lui résister. Elle n'a pas tenu longtemps. Lorsqu'elle est arrivée en haut de la dune avec Clément pour assister au dernier soleil couchant, elle est tombée sur une Alma au sommet de sa forme, la tête renversée dans un éclat de rire, accompagnée par deux types, un joint dans une main, un verre dans l'autre, l'air satisfait d'eux. *Claiiiire !!!* Elle aurait eu droit au même accueil si leur séparation avait duré dix ans. Avec des yeux ronds surjouant la surprise, Alma lui a passé le bras autour du cou et l'a ramenée contre elle, elle sentait fort l'iode et l'alcool. *Tu étais où ? Je vous ai cherchés, à l'hôtel, au village, rien ! Je te présente Ben et Liam. Ils sont kitesurfeurs et m'ont initiée*, éclats de rire de la brune et desdits kitesurfeurs, *c'est un sport de dingue !* Le soleil aussi avait fait son grand numéro, un coucher orangé des plus sublimes, Clément serrait fort la main de sa mère, *on part à quelle heure demain Maman ? Onze heures mon chéri, on aura le temps de revenir à la plage une dernière fois si tu veux*, une petite pointe dans le cœur en voyant le globe brûlant tomber dans les eaux grises avec ce vent inhabituel, un effort de concentration pour ne garder gravées dans sa mémoire que les images de ce coucher de soleil, mais pas le son, pas les voix d'Alma, de Ben et de Liam riant trop fort, leur façon de s'extasier en jurant, *fucking amazing*[1]*!*, avec cet accent américain qui disproportionne tout, ils feraient exactement le même commentaire pour un steak, une vague, un film, une paire de baskets. Pauvre soleil couchant. Dans la nouvelle obscurité, ils ont tous dévalé la dune et rejoint le groupe de capoeiristes. Clément s'est rapproché de l'intérieur du cercle pour mieux voir les combats, Claire l'a suivi pour éviter les Américains qui se croyaient plus à une soirée en plein air qu'à une cérémonie issue de l'esclavage. Alma l'a tirée par la main après le dernier chant et lui a glissé à l'oreille *on dîne toujours ensemble,*

1. « Putain ! Incroyable ! »

Ben et Liam connaissent un très bon restau, viens. Claire a vu le regard inquiet de Clément, mais elle l'a suivie, elle n'a pas su faire autrement. Elle s'en veut. Clément a passé tout le dîner à tirer la tronche et à bâiller en griffonnant sur son set de table. Claire n'a pas sorti plus de quatre phrases, le vin rouge diluant la rancœur dans ses veines. L'alcool triste. Alma a largement compensé ses silences, prévoyant des plans pour les prochains jours. Une fois l'addition payée, Claire s'est excusée, *je rentre, Clément est épuisé*. Alma s'est levée, elle a donné rendez-vous à Liam et Ben pour le lendemain et a insisté pour raccompagner Clément et Claire. *Tu ne rentres pas sans moi,* linda. C'était il y a deux heures, peut-être plus. Alma est toujours en forme, elle a dû prendre autre chose. Claire se demande ce qui l'a poussée à accepter ce dernier verre dans le patio. L'envie de terminer leur rencontre comme elle a commencé, pas avec deux inconnus à leur table. L'envie d'en découdre aussi, peut-être. L'envie de savoir à quoi elles jouent.

— Alors, le kitesurf ? *[Alma roule des yeux pour toute réponse, aspirant l'air par le bout de sa paille dans un grand bruit de succion.]* C'est vraiment dommage, tu as raté une superséance de bombes à la piscine cet après-midi.

Alma sourit, pose son verre sur le côté et se déplie en arrière, en appui sur ses coudes.

— Je n'ai pas pu résister.

— J'ai vu. *[Claire ne se voulait pas si cassante. Le trop-plein d'alcool, probablement.]*

— Tu aurais fait pareil à ma place.

— Je ne crois pas, non.

— C'est vrai que t'es une fille bien, toi, pas comme moi. *[Alma sort les pieds de la piscine, arrosant ceux de Claire au passage, puis elle s'allonge, le nez vers le ciel.]* Tu réfléchis trop.

— C'est clairement pas ton cas.

— Pardon ?

Claire se retourne vers Alma, et déteste déjà ce qu'elle s'apprête à lui lancer.

— Tu trouves que c'est une bonne idée de partir avec des types que tu ne connais absolument pas alors que t'as déjà les médias au cul ? C'est vraiment trop difficile pour ton ego de passer quelques jours sans qu'on te regarde ?

— Qu'est-ce qui te prend ? Je fais encore ce que je veux, non ? *[Alma a bondi comme un ressort, le vent envoie ses cheveux dans les yeux de Claire.]*

— Je te donne mon avis, c'est tout. *[Les remous de la piscine lui donnent la nausée. Claire s'étend sur le dos.]* Tu ne te plaindras pas si tu finis présentatrice météo.

— Tu aimerais bien, hein ?

— Je m'en fous.

— Si c'était le cas, tu ne me parlerais pas comme ça. *[Claire se dit que la brune va en venir aux mains, qu'elle va finir son séjour brésilien avec une bonne gueule de bois et un coquard. Mais Alma garde son sourire en travers du visage, comme si elle se moquait de tout, tout le temps. Insupportable. Le sourire se rapproche et se fait chuchotement.]* Tu as toujours rêvé d'être actrice, c'est ça ? *[Cette voix-là, dans son oreille.]* Elle ne serait pas un peu jalouse, la psy ?

Alma repose sa tête sur le sol, à côté de celle de Claire.

— Laisse tomber. *[Une rafale souffle sur leurs visages. Pas d'étoiles dans le ciel.]*

— T'es jalouse, *linda*.

— Je suis jalouse. T'as raison. J'aimerais trop être toi.

Claire se demande si c'est une illusion due à l'alcool, ou si les doigts d'Alma remontent le long de sa cuisse. Elle pense, *elle va s'arrêter*. Elle ne s'arrête pas.

*
* *

Dans la noir de cette nuit brésilienne qui bruit de mille vies d'insectes, Claire se laisse envahir par les mains d'Alma, interrompues par quelques rafales et le souffle impatient de cette dernière. Elle avait presque froid. Les lèvres d'Alma goûtent la peau salée de son front, s'attardent sur sa bouche – restes acidulés des cocktails, souplesse de la langue –, dévalent sa nouvelle conquête.

Elles impriment sur l'épiderme de Claire des cercles embués, que l'air fige en un souffle dès leur départ, laissant pour seule empreinte le regret de n'être pas embrassé de nouveau. Pas d'étoiles dans le ciel. Claire, la tête qui tourne, se raccroche à ce qu'elle peut saisir d'Alma. Ce n'est pas son regard. Ce sont ses hanches qui roulent, les prises offertes par ses omoplates ; Claire s'arrime aux épaules qui louvoient, empoigne les cheveux noirs où restent des grains de sable, laisse ses doigts glisser du creux de la nuque jusqu'au vide du ciel descendu à elles. Pas d'étoiles dans le ciel, mais deux points lumineux au niveau de la balustrade. Claire sent un regard peser sur elle tandis qu'Alma descend le long de son corps et écarte sa jupe. Les lèvres d'Alma font tressaillir la pente de l'aine et clore les paupières. Leurs solitudes s'aimantent et se fondent, exultent, puis se taisent. Claire perçoit, sur la dalle glacée du patio, un bruissement familier qui lui fait ouvrir les yeux : l'ombre règne, elle aurait juré qu'il y avait quelqu'un d'autre ici, à côté d'elles, ou peut-être au-dessus, mais les points lumineux ont disparu. Un chat, probablement.

Claire tombe dans un sommeil sans rêves. Au lever du soleil, elle ne sait plus comment, elle se retrouve sur les draps de son lit. Elle regarde le réveil en sursaut. Sept heures. Le buggy du retour ne sera là qu'en fin de matinée. Les valises faites la veille attendent d'être bouclées. La porte qui donne sur le patio est entrouverte, celle qui donne sur la chambre de Clément aussi. Il n'est pas dans son lit.

Son poing serré, jointures saillantes, s'abat sur la baie vitrée qui donne sur l'océan et frappe les vagues au loin, rouleaux cendrés sous le ciel blanc. Dans sa tunique froissée, Alma fulmine, le visage tiré, cherchant dans cette masse d'eau une quelconque explication. Qu'est-ce que ça veut dire, tout ça ? C'est quoi, cette photo ? Elle fait volte-face vers Clément, chien de faïence en retrait, qui goûte la colère de la brune de la télé, mais craint d'en faire les frais. Au bout de sa main, il tient encore le détonateur de cette foudre, le portable de sa mère. Alma lui demande le code, *the pin code, the code*. Son index tendu comme une pointe mime avec insistance la pression de touches fictives sur la paume de son autre main, et sa voix dure fait peur à l'enfant qui ne l'a jamais vue comme ça. Clément compose le code, il a compris, il lit dans le regard d'Alma une fureur qui dépasse ce qu'il avait imaginé, il comprend qu'il a déclenché une tempête, qu'il ne sait pas comment y mettre fin. Il regarde la fragile convalescente se transformer en furie comme on regarde les braises prendre. Le téléphone débloqué est un coffre aux trésors descellé. Alma s'en saisit et passe en revue les textos, tous en français, retourne dans les photos, voit défiler les Lençóis, Clément, Claire et elle, lunettes noires et sourires éclatants, Clément encore, sautant dans la piscine, les mains dans le sable, jouant au foot, décoiffé dans le buggy, dormant dans l'avion, fou de joie à l'aéroport, Clément dans une chambre d'enfant, soufflant ses bougies, au square. Alma donne des coups de pouce vigoureux pour remonter le temps, retrouver la photo que Clément est venu lui apporter en cadeau de départ il y a quelques minutes, cette photo de son tatouage, de cette poupée russe sur son omoplate à elle, dans le téléphone de sa mère à lui, datée de six mois. La voilà. Aucun doute, c'est bien elle, Alma, c'est bien son dos où sourit, au-dessus du bustier à grosses fleurs, sur la peau hâlée, sa matriochka aux joues rouges. La photo qui suit vient enfoncer le clou : la réplique exacte de son tatouage apparaît sur le dos de Claire cette fois, probablement dans sa salle de bains à Paris, brosses à dents d'enfant et d'adulte jetées dans un verre sous le miroir en arrière-plan.

Clément voit bien qu'Alma cherche à rassembler les morceaux d'un puzzle mental. Il répète ce qu'il lui a dit en lui montrant la photo, mais sur un ton plus désolé que victorieux cette fois-ci, comme si la répétition pouvait apporter une banalité à la chose, presque la justifier : *Maman, c'est ta voix, en France. Ta doubleuse. Dans* Diosa.

Alma a compris les mots clés en français. Elle repasse les informations en boucle. Claire lui a dit qu'elle était en vacances, qu'elle était psychologue pour enfants. Alma, en habituée des vautours, avait vérifié sur Internet : il existe bien une Claire Hernelle psychologue à Paris. Elle regarde de nouveau la photo, retourne dans les textos, cherche le mot *Diosa*, tombe sur des conversations avec « Studio DD » détaillant les plannings d'enregistrement, et sur plusieurs messages d'amis – « Félicitations Alma ! » – assortis de clins d'œil. Dans un recoin de son ventre, la bombe explose, les flammes lèchent ses entrailles. Ce n'est plus une colère momentanée, c'est une haine posée, presque sereine, qui guette le moment de se déverser. Claire lui a menti, depuis le début. Claire qui ne se baigne pas, Claire qui craint le soleil, Claire qui porte toujours quelque chose sur son dos. Chaque souvenir alimente ce nouveau feu qui embrase jusqu'aux yeux d'Alma : les confidences sur sa famille, l'accident, son agent, *Evita*, ses projets à Los Angeles, l'affection pour ce blondinet, l'envie pour sa mère, l'excursion en trio, les prétendus conseils de Claire, le goût de sa peau. Il y a la trahison, il y a la blessure de se dire que peut-être, pour une fois, elle avait goûté à quelque chose qui était plus qu'un échange de bons procédés, qu'elle avait découvert un lien sur lequel elle ne pouvait mettre de mots précis, et que c'était bien. Et il y a le coup de grâce : elle, l'actrice, la menteuse professionnelle, s'est bien fait avoir.

— *Tell your maman to come here, please*[1].

Clément a saisi l'ordre et ne demande pas mieux que de quitter cette chambre. Il n'a pas à le faire. Claire, partie à sa recherche, vient de pousser la porte qui n'était pas fermée. *Alma, Clément n'est ni dans sa chambre, ni dans le patio, ni dans la salle à manger...* Adossée contre la baie vitrée, Alma dévisage Claire en silence. Clément pense à la façon dont les hommes en pyjama blanc se toisent, se jaugent, avant le combat. Aucun d'eux n'a eu un tel regard.

— Enlève ton tee-shirt.

Alma a parlé lentement, en détachant chaque syllabe, pour être sûre de ne pas avoir à répéter.

— Quoi ?

— Ton dos. Je veux voir ton dos.

1. « Dis à ta maman de venir ici, s'il te plaît. »

Claire reste interdite. Elle découvre Clément immobile sur sa gauche, à mi-chemin entre Alma et elle, qui implore *pardon* du regard. Alma perd patience et s'élance vers Claire, tire sur son tee-shirt sans ménagement. *Arrête Alma, qu'est-ce qui te prend ? Alma, lâche-moi !* Jouer l'étonnée ne fonctionnera pas, pas cette fois. Claire le sent, perd pied. Elle n'est qu'une matière meuble, du sable elle aussi, entre les mains précises et brutales d'Alma. Elle pense, *comme hier soir*. Elle pense que son petit scénario aura presque tenu bon tout le long du séjour, à quelques heures près, qu'elle en est fière, qu'elle est stupide. Qu'elle va payer ses mensonges, devant Clément. Que le séjour ne peut s'achever ainsi, qu'elle ne peut pas laisser Alma se méprendre, qu'elle doit lui expliquer ce qu'elle-même n'arrive pas à formuler depuis qu'elle l'a vue pour la première fois. Claire se veut calme, posée, mais sa voix se brise sous l'agressivité d'Alma, c'est un aveu par les larmes. Claire tombe à terre, se laisse retirer son haut, défaite. Elle n'aura pas résisté plus d'une poignée de secondes. Elle est toujours aussi faible. Barrée par la bretelle de son soutien-gorge, la matriochka dévoile ses bonnes joues et sa candeur insultante. Le visage d'Alma s'illumine de satisfaction devant la preuve ultime : le feu peut jaillir. Elle en a vu, des fans. Des adolescents subitement hystériques en la reconnaissant dans la rue, des mères de famille admiratives, le regard plein de la frustration d'une vie trop fade. Des hommes aussi. Les anonymes timorés face à sa trop franche beauté, et d'autres, plus joueurs, souvent des hommes de pouvoir, tentant leur chance, se jugeant capables de lui voler une nuit mémorable malgré leur laideur ou leur vieillesse, qu'Alma repoussait comme une maladie contagieuse. Tous pathétiques. Jamais encore elle n'avait connu d'admirateur aussi fou et méthodique que cette fille. Alma plante son regard dans celui de Claire, à ses pieds. Cette fille a traversé l'Atlantique avec son gosse pour la rencontrer dans ce désert de sable. Alma pourrait l'embrasser à bouche perdue, mais elle a toujours préféré casser ses jouets.

— Tu peux m'expliquer ça ? Et pourquoi tu le caches ?

L'aigreur pointe dans sa voix, Claire l'écoute comme lorsqu'elle était à la barre, s'apprêtant à la doubler, avant de réaliser qu'elle joue un rôle à part entière dans cette scène, au même titre qu'Alma. L'une essaie de s'expliquer en anglais, l'autre hurle en espagnol, et le film n'a pas d'autre spectateur que Clément. Claire le voit trembler, se ressaisit pour lui, assure sa défense. Tout est rationnel. Oui, elle est sa voix française depuis le début de la série. Non, elle n'a pas voulu lui soutirer des informations pour les donner à la presse. Oui, elle a préféré cacher sa profession pour ne pas la blesser, pour respecter sa convalescence. Si elle s'était présentée comme sa voix, jamais Alma ne lui aurait parlé, jamais elles ne seraient devenues amies. Alma hausse les sourcils, Claire sent la pointe d'une lame dans sa poitrine. *Amies ?? Mais qu'est-ce que tu crois ? Pourquoi tu es venue ici ? Pourquoi ?* Claire ne sait pas. *Tu ne sais pas ? Tu prends des billets d'avion, tu fais des milliers de kilomètres, et tu ne sais pas pourquoi ?* Clément perçoit dans la voix de sa mère un mélange de supplique et de résignation, c'est la voix des condamnés à mort exprimant une dernière parole.

— C'est difficile à comprendre, mais je te connais, depuis deux ans maintenant, je te connais par cœur, ton jeu, tes tics, tes ressorts, et ça m'a aidée. Tu ne peux pas savoir comme tu m'as aidée. Te doubler, parler à ta place, être toi... J'en ai besoin.

— Mais tu te rends compte que tu parles d'un personnage ? Un personnage ! Tu ne connais rien de moi, rien !

— Tu te trompes. Je t'ai devinée. Je sais qui tu es, je suis comme toi.

— Comme moi ? Ma pauvre, on n'a rien en commun ! Moi je suis actrice devant des caméras, toi tu enregistres ta voix dans une cave !

— Alma, ose me dire que je ne suis rien pour toi, que tu n'as pas cherché à ce qu'on se rapproche. Ose me dire qu'il ne s'est rien passé hier soir.

— Hier soir, t'étais pas encore cette putain de psychopathe. Tu me dégoûtes. Dégage maintenant, dégage d'ici !

Alma jette le tee-shirt de Claire par terre et le portable aux pieds du petit anéanti par le désespoir de sa mère. Il ne supporte pas de l'entendre pleurer, de la voir à genoux, il ne supporte pas qu'on lui crie dessus, il aimerait la relever, l'arracher des griffes d'Alma, comme la nuit dernière quand il s'est réveillé, qu'il a vu le lit de sa mère vide, qu'il est sorti la chercher et qu'il les a vues l'une sur l'autre au bord de la piscine. Mais ses jambes ne répondent plus et ses yeux se remplissent de larmes. Ne pas craquer, être fort. Clément ramasse le téléphone, prend la main mouillée de sa mère dans la sienne et l'aide à gagner la porte. Quelques mètres à faire et ils ne seront plus dans cette chambre, quelques heures et ce sera l'avion pour Paris. Claire pose une main tremblante sur la poignée et quitte le territoire d'Alma.

Dans le couloir, elle s'appuie contre la balustrade pour reprendre son souffle. Clément s'accroche à sa taille, plaque son visage contre elle. Il aimerait redevenir un tout petit bébé ou être adulte, là, tout de suite, pour pouvoir bercer sa mère ; il aimerait lui dire des mots qui rassurent et font oublier, mais il est submergé de tristesse et de culpabilité et il n'a que sept ans. C'est sa faute, il n'aurait jamais dû venir montrer cette photo à Alma. Il ne parvient qu'à caresser le dos de sa mère en pleurant, demandant pardon entre deux sanglots. Ce sont peut-être des martinets ou des colibris qu'il entend, il essaie de reconnaître leur chant pour faire diversion à l'angoisse qui lui comprime l'estomac. Il voit la piscine en bas que rien n'empêche de scintiller, il se dit qu'une piscine c'est drôlement rassurant. Il y a des oiseaux, il y a l'eau bleue, il y a la douceur du soleil matinal qui enveloppe ses petits bras appuyés contre le dos de sa mère, la vie continue, la vie n'est pas fondamentalement méchante. Il entend la porte qui s'ouvre et tourne son visage vers le bruit. Il voit Alma, reine triomphante. La lumière du jour ne l'éblouit pas, Clément sait qu'elle est habituée aux projecteurs. Elle s'avance vers la balustrade, vers sa mère et lui. Elle dit des choses dans cette langue qu'il ne connaît pas, mais il comprend qu'elle parle de lui, il reconnaît son prénom, c'est bizarre qu'Alma dise son prénom comme ça, avec ce ton-là, il entend du mépris dans sa voix et aussi autre chose qu'il n'aime pas, qui lui fait peur, qui accélère le rythme de son cœur. De la menace, c'est ça. Une froide menace qui se rapproche à mesure qu'Alma avance vers eux. Elle a dû dire quelque chose de terrible, quelque chose d'affreux, de très grave pour que sa mère s'écarte de lui et se jette ainsi sur elle. Maman tient le cou d'Alma entre ses mains. Maman a le regard ailleurs.

Claire revoit la scène du tribunal, la première fois qu'elle a découvert cette fille dans son tailleur crème, les veines de son cou saillant à chaque fois qu'elle tançait la partie adverse. Elle entend les cris d'Alma de moins en moins fort à mesure que la pression de ses doigts augmente. Dans un endroit de sa tête qu'elle vient de déflorer, Claire double la scène. Elle imagine la bande rythmo défiler, se met à pousser les mêmes sons qu'Alma, des gémissements apeurés puis de faibles râles espacés, comme résignés, sur une note unique. Dans cet endroit de sa tête, elle sait que Sylvie regarde la scène.

Maman a le regard ailleurs, Maman devient folle. Clément entend les cris superposés d'Alma et de sa mère, une lamentation à deux voix. Si c'était un film de la séance du samedi matin, sa mère lui cacherait les yeux de sa main, c'est sûr. Il sentirait l'odeur de sa paume contre son nez. Il veut sentir cette odeur maintenant. Il n'est pas au cinéma. Il se précipite entre les deux filles, plie les genoux pour tirer très fort sur le bras de sa mère, pour qu'elle lâche Alma.

Délestée des mains de la blonde, la brune reprend son souffle. Clément regarde alternativement les visages d'Alma et de sa mère, comme les échanges d'une balle de match. Le visage d'Alma se teinte de nouveau de couleurs, celui de sa mère est livide. Les yeux d'Alma reprennent leur feu, le regard de sa mère est absent. Alma va reprendre le dessus, cela, Clément le lit dans les prunelles noires, il a un terrible pressentiment. Sa mère est prostrée, lui doit agir. Protéger Maman, il faut protéger Maman. Alma fait un pas en direction de Claire qui semble ne plus rien voir, Clément s'interpose et tire de nouveau sur un bras. Cette fois c'est celui d'Alma, il tire fort pour l'arracher, le dégager, pour qu'elle disparaisse, qu'elle les laisse tranquilles, lui et sa Maman, sa Maman et lui. Alma est projetée vers l'escalier. Ses pieds nus glissent, leur effort contre la chute tient de l'accéléré comme du ralenti, leurs mouvements s'impriment dans l'air malgré la vitesse de leur exécution, un infime moment le temps est suspendu, tout se joue dans ces pieds nus qui luttent, c'est très beau. Leurs pointes balaient le sol l'une après l'autre, elles esquissent un entrechat qui désespère de toucher terre, une danse improvisée de la dernière chance. Le corps ne suit pas, perd l'équilibre et bascule en arrière. Alma ne saisit pas, ou trop bien. Elle entend un cri, ne sait pas si elle en est l'auteur ou s'il appartient à Claire, un cri qui accompagne chacun de ses impacts sur les marches, jusqu'à la dernière. Claire hurle. Alma est une poupée de chiffon muette disloquée sur la pierre. Clément détourne la tête vers la piscine qui scintille, en forme de goutte d'eau.

Épilogue

Les applaudissements claquent aux oreilles, ils sont vifs, désordonnés, insatiables, une pluie drue qui s'abat sur des carreaux de verre. Des *bravo !* hurlés par des voix aussi mal projetées que sincères viennent les ponctuer. La lumière dorée baigne désormais le public dont Claire découvre les yeux embués parmi les premiers rangs qu'elle distingue plus nettement. Certains se lèvent, d'autres les imitent pour saluer les artistes debout, on entend le bruit sec des strapontins qui se referment comme des huîtres. L'émotion est palpable, acteurs et spectateurs sont pris dans les mailles d'un même filet, ils sortent d'une mer de mots et de sentiments qu'ils ont bue ensemble, d'une certaine façon ils sont encore immergés dans la pièce qui vient de s'achever, l'enchantement se poursuit, ils le retiennent par leurs applaudissements, tant que cela claque ce n'est pas fini. Ils frappent dans leurs mains, mais leur esprit est encore accroché à ce qui vient de se dérouler sur scène, aux côtés d'Anna Karénine, avant qu'elle se jette sous le train, avant sa mort que Tolstoï qualifie de « lâche et misérable, comme sa vie ». Le public est avec Anna, et c'est Claire qui lui a prêté son corps ce soir. Elle porte une perruque brune. Elle entend la ferveur du public, les *bravo !* lui arrivent comme des flèches en plein cœur, et elle sent les larmes dévaler ses joues. Les spectateurs sont pétris d'un sentiment confus, ils ne peuvent nommer ce qui les a émus en particulier, il est encore trop tôt, il leur faudra rompre l'enchantement et reprendre leurs affaires, sacs et manteaux, rallumer le téléphone, trahir la magie d'un *tu as aimé ?* adressé à leur voisin, aller au restaurant ou rentrer chez eux et discuter de la pièce pour identifier ce qui a suscité ce qu'ils ont ressenti là, à la fin, pourquoi leur attention s'est faite plus vive et leur respiration plus intense avec les derniers mots de la comédienne, pourquoi il n'y avait plus ni décor, ni personnages, ni scène, ni salle, juste des hommes et des sentiments. Il en est de même pour Claire. L'émotion qui l'étreint vient de sources multiples qu'elle a du mal à nommer et qui se rejoignent pour couler de ses yeux. En elle, tout est froid et soumis à des vents contraires, tandis qu'à l'extérieur ce sont dorures et lumières, rouge velours et balcons sculptés. Le théâtre brille, le public ovationne. Personne n'est ému par la même chose, mais tout le monde est ému, l'espace entre chaque individu est devenu plus poreux, les solitudes sont moindres. Au centre de la ligne des saluts, Claire noue ses doigts à ceux de ses partenaires de jeu. Elle fait face à son fils, debout au milieu du troisième rang, à la place qu'elle lui a réservée, à côté de Paul. Ils sont si fiers, si beaux, le père et son fils qui se ressemblent tant, à un détail près, l'expression de leurs visages. Depuis son retour du Brésil, le regard de Clément porte un voile indélébile, la même ombre qui planait dans les yeux de Sylvie, le même fantôme qui prenait possession de son esprit. Alma disait que cet enfant lui faisait penser à elle lorsqu'elle était petite. Depuis sa mort tragique – *Clément, écoute-moi bien, c'est un accident, Alma a voulu me pousser et elle a glissé, tu n'as rien fait mon amour, tu n'as rien fait, répète après moi Clément, tu l'as vue se jeter sur moi, glisser et tomber* –, Alma flotte désormais dans l'obscurité de son regard. Claire pense à elle à chaque fois qu'elle croise les yeux de son fils. Claire pense à elle tout le temps. Alma ne l'accompagne pas partout. Elle la perd pour mieux la surprendre au détour d'un rire en cascade, d'un parfum de vanille, d'une chevelure noire, d'une publicité vantant des vacances de sable et d'eau, dans le secret d'un mensonge, à travers le silence de Clément, l'écho immédiat de la présence invisible de Sylvie. À travers sa propre voix. Certains soirs, Alma ne la quitte pas, en particulier les soirs de succès. Elle est devenue l'ombre qui, à l'oreille, lui souffle d'échapper à son histoire.

Remerciements

Tous mes remerciements aux organisateurs du prix littéraire Aufeminin, aux membres du jury, et particulièrement à Laurent Boudin et aux Éditions Michel Lafon pour leur confiance.

Merci aux amis qui m'ont offert un stage d'écriture déclencheur, sans eux la suite n'aurait pas eu la même saveur. Merci à l'école Les Mots de susciter autant d'échanges et de possibles.

Merci à Aurore de Neuville, Flannan Obé, Raphaël Saïer et Émilie de Monsabert pour leurs conseils. Merci à Caroline Klaus, la reine du doublage ; merci à Pierre Carrié, le plus brésilien des profs de jazz. Merci à Micaela Picco, et à Ana Inés Juliano pour sa relecture argentine.

Merci à Françoise Marais Roux. Merci aux *top girls*. Merci à Christine de m'avoir confié les clés d'un appartement sans chocolat mais sans bruit pendant le confinement.

Merci Guillaume, pour tout.

Table des matières

Prologue	9
Claire	13
Alma	125
Clément	189
Épilogue	307
Remerciements	311

13417

Composition
PCA

Achevé d'imprimer en Slovaquie
par NOVOPRINT SLK
le 11 janvier 2022

Dépôt légal : mars 2022
EAN 9782290357545
L21EPLN003090N001

ÉDITIONS J'AI LU
87, quai Panhard-et-Levassor, 75013 Paris

Diffusion France et étranger : Flammarion